猫だましい

ハルノ宵子

幻冬舎

猫だましい

目次

装幀
鈴木千佳子

装画・挿画
ハルノ宵子

ステージⅣ

今年（2017年）1月正月明けのことだ。

「ほらここ、腸壁を突き破って裏側まで出てるから、ステージⅢ……Ⅳかな」。不鮮明なCT画像を指差しながら、都立K病院の消化器内科医はボソッとつぶやいた。ステージⅣの大腸がん!?「ああ〜! またやっちまった〜!」

その1年ちょい前には、自転車の酔っ払い運転でコケて大腿骨を骨折し、人工股関節置換手術で、1ヶ月近く他の病院のお世話になったばかりなのに。また入院かぁ〜……。

なんでなのか、私は〝がん〟というモノに、まったく「ガーン」とならない。よくがんの告知を受けて目の前が真っ白になったとか、どうやって家まで帰り着いたのか記憶がないという人がいるが、私はがんという病気を特別視しない。ただただいやおうなく、病院と付き合わねばならないことだけがイヤなのだ。いつどこでこのメンタルが培われたのか不明だが、父親だって大腸がんをやっているし、ありとあらゆる種類の猫のがんと付き合ってきたので、無知ゆえではない。むしろ人より多くの症例を見てきていると思う。

５年前には乳がんで、片乳を全摘出している。５年目を目前にして、そろそろ無罪放免という昨年の夏頃だった。同病院の乳腺外科の美人主治医から「腫瘍マーカーの数値が上がってきている。乳腺は定期検診でよく見ているから大丈夫だと思うけど、このマーカーは他にも、大腸・胃・肺のがんでも上がる可能性があるので、できれば年内に内視鏡検査を受けた方がいいでしょう。ただしうちの病院はメチャクチャ混むので、内視鏡専門のクリニックなどに行った方が早い」と言われた。たまたま我家の町内にある徒歩５分のＫ病院だが、がん拠点病院に指定されている。全国からがん患者が押し寄せるのだから無理もない。

イヤだな〜……上から下からアレを入れるなんて。しかし思えば確かに、その頃から不調を感じ始めていた。やたら疲れるし、すぐに微熱が出る。食欲が無いのは以前からだが、ちょっと無理して食べたり、早食いをすると目の前が斑《まだら》になり、頻脈と動悸で気を失いそうになる。１時間ほど横になって休めば治るのだが、ここにきてその頻度が増している。以前からちょくちょく起きていた症状なので、「食後心筋梗塞」を疑われ、心臓のＣＴやら24時間心電図などもやったが、心臓の異常は見付からなかった。これまでの人生、一度も胃カメラも大腸内視鏡も経験は無かったので、ここらで覚悟を決めて一発やるっきゃないか。と思いつつもグズグズと、12月も後半になってやっと、東京駅八重洲口に近いクリニックで受けることになった。

場所柄、企業や会社などの検診を専門としているのだろう。ビルのワンフロアーにある、小ぎれいで明るいクリニックだ。ナースは皆美人で、プリザーブドフラワーが飾られ、低くインストルメンタルが流れる例のあの感じだ。医師は40代と思われた。内視鏡ばかり専門にやっているのだから、それなりに信用できるだろう。せっかくお腹を空っぽにして来ているのだから、胃も腸もいっぺんにやってしまうと言う。軽い麻酔の点滴をされたので、ちょっとポヤッとはするが眠ってはいない。

まずは大腸からだが、内視鏡が入ってすぐに、医師と助手のベテランナースが、何やらボソボソと話している。さらに奥に進めようとすると、麻酔のお陰で痛くはないが、強い違和感。医師とナースがザワついている。そのまま2、3分格闘していたが、あきらめたように内視鏡を抜いた医師が、すごく大きながんがあって、どうやってもその先に内視鏡が入っていかないと言う。とにかく全貌が分からないくらい大きいので、いつ通過障害から腸閉塞を起こしてもおかしくないから、すぐにでもK病院に入院して、食事と栄養を管理してもらった方がいいと言う。

これから年末年始で病院は機能停止だ。そんな時に入院したって意味がないと言うと、

「だからこそ危ないんですよ！　お正月に腸閉塞でも起こして救急車で運ばれたら、緊急手術でごっそり腸を取られて、有無を言わさず人工肛門になりますよ」と力説する医師の表情

には、消化器内科医を始めてお初にお目にかかるような巨大な大腸がんを見付けてしまった、かすかな高揚感が見て取れた。

よーく分かりました。このところの不調の原因が、巨大大腸がんによる通過障害だと正体が分かったからには、悪いけど、長年両親の食事管理をしてきたのだ。それなら医者よりも私の方が詳しい。大切な年末年始を病院なんかで点滴だけで過ごすなんて、冗談じゃねーよ！（とは口に出さず）分かりました。決して無理はせず、食生活には細心の注意を払い、年明けまで生活しますので。と、クリニックを出た。

すっかり暮れた街は、クリスマス直前の賑わいであふれていた。やれやれ……面倒なことになったな。とりあえず年明け早々のＫ病院の予約を取ることから始めるしかない。それまでは自由だ。自分の時間だ。今はせっかく八重洲にいるんだしね。と、東京駅の地下街でお惣菜とパンを買って、大丸のカフェでキッシュ（もちろん必要以上によく噛み）と生ビールを２杯飲んでから帰路についた。

ああっ！もっと奥まで

内視鏡すら通さない超巨大大腸がんが発覚してからというもの、徹底的な繊維断ちの食事を心掛けた。年末年始の病院機能停止の間に、食べ物ががんに絡まって腸閉塞なんか起こしたら命にかかわる。

「よく噛めよく噛めったってな、そんなに噛んだら口の中でう○こになっちまわ」という江戸っ子の常套句があるが、そのくらい意識して噛む日々が続いた。

思えば「今日は食欲もあるし、いつも不足気味な野菜たっぷりの料理を作っちゃうぞ」という翌日に限って熱が出たり、体調が悪くなっていた。あれは大腸がんに繊維質の食べ物が引っ掛かって、炎症を起こしていたのだと納得がいった。

混同されがちだが、繊維質と食物繊維は微妙に違う。たとえば、ごぼうや小松菜やえのきなど繊維質が多いものは、健常な腸の人なら難なく消化できるが、胃腸の弱っている人には負担になる。お年寄りなどに便秘によかろうと、きざんでいない野菜を大量に食べさせると、かえって出なくなる場合がある。一方食物繊維は、出汁のような液状であってもパウダー状であっても存在する。食物繊維は、腸内環境を整えるために必要不可欠だ。野菜にブイヨン、さらに牛乳や生クリームを加えてミキサーにかけたポタージュスープなどは、完全栄養食だろう（やはり「いのちのスープ」の辰巳芳子先生は偉大だ）。なーんて分かっちゃいるけど、自分のためだけに毎日作るのはめんどくさい。冷凍やレトルトでも、けっこういけるスープはあるが飽きてしまう。ひたすら噛むしかない。元々小食だし、野菜嫌いではないが、あえて好んで食べる方ではなかったし、火が通っていない生野菜のサラダなどは、どちらかというと苦手だ。野菜が食べられないのは、さほど苦痛ではなかったが、切なかったのは〝薬味〟だ。ピータン粥を鶏ガラ出汁からきちんと作ったのに、クリスマスツリーの頂上の星のごとき白髪ねぎをトッピングできない。誕生日に妹一家がごちそうしてくれた羊料理店で、パクチー抜きだったのは、身もだえするほどくやしかった。

　年末年始の栄養分を消化しやすいたんぱく質と炭水化物、サプリと麦のジュース（アルコール入り）で何とか乗り切り、お正月明けにやっと都立Ｋ病院での内視鏡検査にこぎつけた。

　八重洲のクリニックでは、検査当日までに自己責任でお腹を空っぽにしてきたが、Ｋ病院では最終段階の２ℓ近い下剤を２時間ほどかけて病院内で飲み、ホントにすべて出たかどうか、トイレで出たブツをナースに確認してもらうというシステムだった。

検査衣を着た20人ほどの老若男女（とは言ってもほとんどが60代以上のジジ・ババだ）が、定食屋にあるような安っぽいテーブルとスチール椅子の一室に集められ、各自2ℓの液体パックを抱え、プラカップに注ぎながら飲み、もよおした人からトイレに行き「出ました」と、ナースに申告する。実にこっけいだ――と言う自分も既にババの域なんだなあ……と、しみじみ思う。

40代と思われる人も2、3名いたが、皆カウンター席で壁に向かってスマホをいじっている。「出ない出ない」と焦る人、「私なんてこの検査はもう3回目ですよ」と、自慢げに言うジジ。2、3名のおババたちは、世間話で盛り上がっている。「今日の皆さんは、にぎやかなんですねぇ。シーンとしてる日もあるんですよ」と、ナースが言う。「へぇ～そうなんだ」。失礼でない程度の挨拶くらいしかしない私には、それがアタリ日なのかハズレ日なのか分からない。

あきれたのは、女性はもれなく1人でこの検査に来てるのに、ジジの半数以上は奥さんか娘さんが付き添って来ていることだった。もちろん60過ぎだって、この時間帯就労中のダンナもいるだろうが、奥さま方だってやらねばならない仕事が山積みのはずだ。誰もがうんざりした表情だし、携帯での連絡作業で頭を下げている女性もいる。壁際に並べられたスチール椅子で、検査本番も含め4時間近く無為の時間をダンナのために費やし、これで帰ってすぐに「あ～腹へった！　メシ」なんて言われたら、殺意を覚えることだろう。

やっと検査。この病院の検査室には、でっかいモニターが付いている。自分で見ることができるのが、嬉しかった。最初は左を下にして横向きになって膝を曲げた姿勢だ。上目でモニターが見える。「これもがんですね」と内科の先生。1・5㎝くらいだろうか。そのちょっと先に進むと、シロウト目には訳の分からない状態になっている。どこがどうなっているのか「これが八重洲の言ってた全貌が分からないってヤツか」。さすがのK病院も悪戦苦闘している。「うつぶせになってみてください」。モニターが見えないので首をねじ曲げると「動かないで！」と注意される。しかしそこはがん拠点病院だ。ナースに指示すると、もっと細いサイズの内視鏡が出てきた。「右を向いて。次は仰向けになって」「脚を開いてみて」「狭くて通らない……もっと大きく。あっ入った」「ああっ痛たたっ！　でもセンセ、せっかく入ったんだからもっと奥まで」――って、なんちゅー会話しとるんだと、ふと我に返った。

幸いその先にはがんは無かった。内視鏡を通して、デザイン用カッターの先のような細い刃を入れると、巨大がんにサクッと切れ目を入れ、何やら泥状の液体をかけている。これは染料で、外科手術の時のアプローチになると言う。「落ちちゃわないんですか？」と尋ねると、つまりは入れ墨なので落ちないのだそうだ。「へぇ〜！　がんに入れ墨ねぇ。ためになったなぁ（何の？）」と、やりとげた気分で病院を出た。

昨日は禁酒だったし、この辺はろくな飲み屋が無いので、タクシーで上野まで行って1杯やることにした。

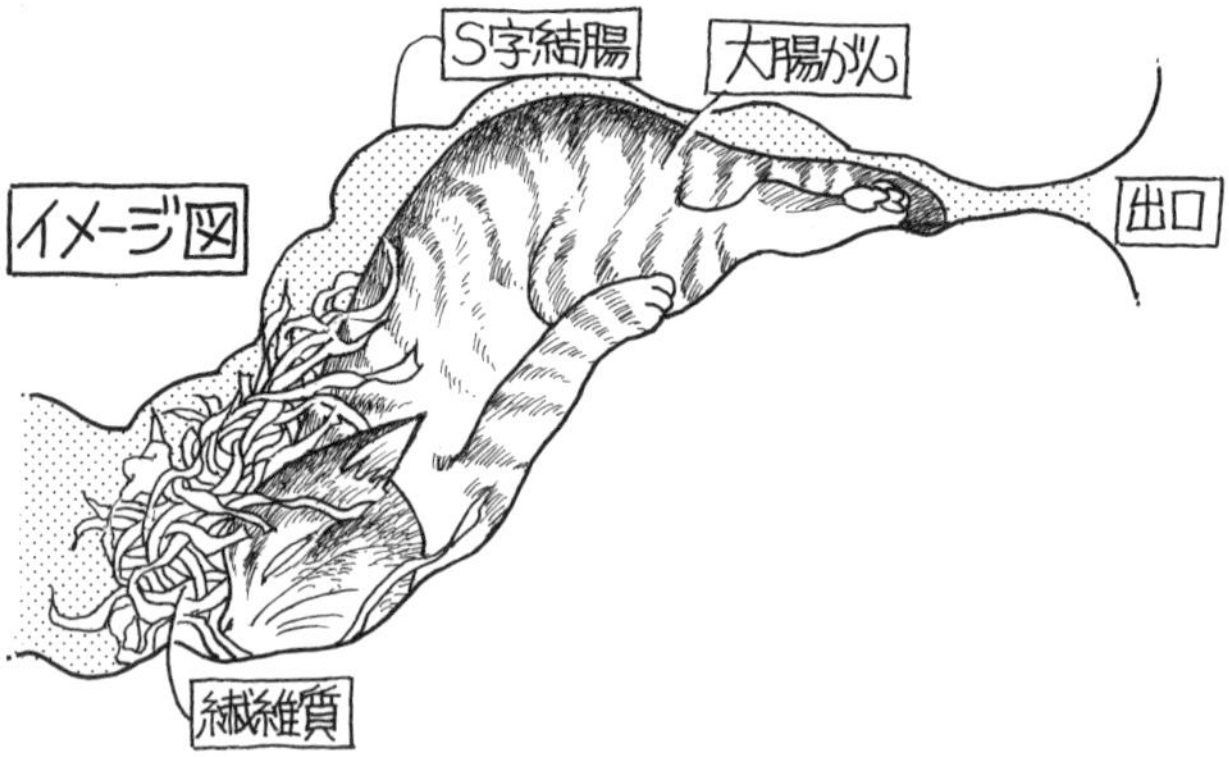
イメージ図
S字結腸
大腸がん
出口
繊維質

ま○こからう○こ 1

へんな所がヌケているのだが、私はがんのステージは、Ⅳの後にⅤとⅥがあると思っていた。「ステージⅣかぁ……まん中くらい悪いやつだな」。だが、消化器内科医に告知された２、３日後の新聞で、たまたまがんに関する記事を読み、「え〜っ！　ステージⅣって一番悪いやつなのぉ!?」と知った。しかも大腸がんのステージⅣの５年生存率は、18・８％だって？「ダメじゃん！　東京オリンピック観らんないかもじゃん」。一応断っておくが、私は別に２０２０年東京五輪を心待ちにしているわけではない。ただオリンピックとかサッカーのワールドカップは、人生の〝ランドマーク〟となる。生涯で20回のオリンピックをしっかり観戦できたなら、御の字だろう。ついでに〝生存率〟という統計も、まったく信じていない。内視鏡検査に集まったほとんどがジジ・ババだったので分かるが、多くの種類のがんは老化による細胞の劣化で生ずる。80歳過ぎてステージⅣのがんなんか発覚したら、そりゃ〜かなりの確率で５年以内に死ぬだろう。ましてやジジ・ババに手術や抗がん剤などの過酷な治療を受けさせたら、確実に寿命を縮めるだろうし、脳の病気や肺炎や骨折や、他の原因で死んじまうって！　老人は１つのきっかけ、ささいな不調からドミノ倒し的に弱っていく。

　私の母は若い頃、国体のハイジャンプ選手に選ばれるほど身体能力に優れた人だったが、２００７年に家の廊下で転倒し、右脚の大腿骨頸部を骨折した（私も一昨年、自転車の酔っ払い運転でやったけど）。人工股関節となったが、何とか杖を使ったり伝い歩き程度までは回復した。しかし、やはり動いたり外出するのを億劫がる。すると運動機能はガクッと落ちる。２年後には再び廊下で転倒し、左脚もやってしまった。その入院中に夜中１人でトイレに行こうとして、また転倒。ワイヤーで固定する手術を受け、車椅子生活となった。そして２０１２年、父が肺炎で入院中またしても廊下で転倒し、４度目をやってくれた。その後はもう、ベッドサイドに座っていることすらできなくなった。となると、トイレにも行けないのでオムツになる。オムツになると自力で排泄できなくなる。そうなると頭もボヤッとする。眠っている時間が長くなり、そのまま寝たきりになる。それから亡くなるまでは、あっという間だった。

　なので罹患者の大半が老人であろう、がんの〝生存率〟なんて、まったく意味が無いと思っている。とは言え、私のはかなりの重症であるのは確かだ。

　最終の検査結果を聞くために行った１月半ば、「じゃ、次は大腸外科の受診となる訳ですね？」と、消化器内科医に確認すると、「イエ、次は外科入院となります」と言う。「ハァ？入院した時が、外科の先生との初対面なんですか？」「そういうことです」

大病院は、たいがい内科と外科の連携がよろしくないのだが、こりゃまた極端だ。まぁ、今は電子カルテだから、データは内科も外科も共有できているので、問題は無いのだろうが、入院してしまってから初めて外科の主治医にお目にかかり、ムチャクチャ気にくわないヤツだったり、治療方針に納得がいかなくても、なかなかその場で「チェーンジ！」とは言いにくい。さすがに不安だ。しかも入院日は、病院の事務サイドから決まり次第いきなり来るらしい。徹底した分業システムだ。「大きながんなんで、なるべく早目に入れてもらえるようにしときますねー」と、内科医はパソコン画面から目を離さずに、指示を入力していた。さすが都立、縦割りだ。

それにしても、この病院は待たされる。混んでいるのは分かるが、すでに2月も末だ。12月下旬にがんが分かってから、よく噛み、繊維質抜き、栄養補助食品生活を続けてきたが、疲れてきた。そろそろ限界だ。「何でもいいから早く取っちまってくれ〜！」という気分になっていた。

そんなある日、トイレに入ったらドロッとした出血があった。昔から過敏性腸症候群の傾向があり、ずーっと万年ゲリだったし、便に多少の血が混じっていても、オメデタイ私は、それががんからの出血とは考えず、「大腸が荒れてるんだな〜」くらいにしか思っていなかった。しかしこの出血は、おばさんには懐かしい経血のように見えた。手術から5年が過ぎたので、先月から乳がんのためのホルモン剤を止めている。一時的に女性機能が戻ったのだろうか。乳がんのホルモン剤は、ざっくり言えば〝男性ホルモン〟だ。女性ホルモンの働きを阻害して、むりやり更年期を作っているようなもので、若い人にとってはけっこうキツイらしいが、すでに生理が上がっていた私は、さしたる副作用は感じられなかった。「また子供が産める体になっちゃったりしてね……うぷぷ」

　再びトイレに行った時もゲリっていた。前の方を拭くと紙に少量の便が付いていた。「いけない、シャワートイレで前の方にはねちゃったか」。もう一度ビデで洗って拭くと、また付く。何度拭き直しても便が付く。「……これはっ……ま○こからう○こが出てるんだ！」。クラッ！　ときた。思えば数日前から、お股の方から「ピピピ」と空気のようなものが出ることがあった。「ついに〝潮〟が吹ける身体になっちゃったかな～」くらいにしか思っていなかったが、この現象はつまり、消化器系と婦人科系のどこかに、通路ができてしまったということだ。もちろん〝犯人〟は腸壁を破って外にはみ出ているがんであることには間違いないだろうが、私の身体の中は、どんなことになっちゃってるんだ～!?

　混乱している頭を冷やすため、そして今後の対策を冷静に考えるために、とりあえず飲みに出掛けることにした。

ま○こからう○こ2

ま○こからう○こが出たら、ほぼ１００％の人が「どうしよう！」と、パニクるだろう。

まず衛生的に、よろしいはずがない。消化器系から婦人科系に、キチンともれなく通路ができているならまだしも、腹腔内にう○こが漏れ出たりすることはないのだろうか。とにかく感染症がコワイ。救急で病院に行くべきか？　しかしまだ大腸外科の医師とは一度も会ってないのだ。主治医の名前すら分からないので、ガードの固いＫ病院では、けっこう面倒な手続きを踏まねばならず、消耗するだけだ。どうせ近々病院から入院日の連絡があるだろうし、２、３日様子を見るか。しかしその日から固形物を食べるのが恐ろしくなった。ま○こからえのきやもずくが出てきたりしたら、誰だって人間やめたくなるだろう。ほとんど液状の物しか口にしないことにした。スープや栄養補助ゼリー、せいぜいやわらかいパンや麺類（あ！　もちろんアルコール入りの発泡麦ジュースもね）で過ごした。

ちょうどその１、２日後、Ｋ病院の入院予約科から電話が入っていた。うちは電話に出ることがたいへん困難だ。基本１人しかいないし、ちょいちょい出掛けるので常時留守電にしてある。２階にいたりしたらコールの音すら聞こえず、無言で切ってしまう人とは永遠に繋がらない。

その後も「Ｋ病院の予約科です」とだけ留守電に入っていたり、時には無言で切れてしまうので、数回すれ違った。せめて自分の名前と入院予定日をいれておいてくれれば折り返せるのに。こういう所が都立だ。あらゆるケースに想像力が及ばない、上から目線のお役所仕事だ。段々腹が立ってきた。こっちからは絶対連絡するもんかと、ヨレヨレなくせに、無意味な意地が出てしまう。

相変わらずま○こからは、う○こらしき物や出血もあったが、いよいよある日ひどい腹痛がしてきた。出血はまるで（女性ならお分かりだろうが）２日目のようだ。若い頃の２日目は、正にこの出血この痛みだったが、今は「懐かしい」なんて悠長なことを言っている余裕は無い。熱も出てきた。38度５分まで上がってきた。もう明日にでも病院に連絡するしかないか。しかしその前に〆切があった。週１の新聞連載のイラストなので、穴をあけることはできない。入院がどの位になるか分からないが、退院後すぐに仕事ができるかも含め、１ヶ月分は描きためておきたい。

「ええい！　とにかく描いちまえ〜！」と、鎮痛解熱剤を飲んで（本当はがん細胞は熱に弱いので、高熱は下げない方がいいと聞くが）、なんとか早朝までに描き上げた。午前４時までにコンビニから「宅急便」で出せば、都内なら当日の午後には到着するのだ。私はブラックな企業のヘビーユーザーである。申し訳ない。

　少し眠って昼頃目覚めると、携帯電話にＫ病院からの着信が入っていた。「あれ？　携帯は教えてないはずなのに（マトモな人は教えとくと思います）」。ほどなく妹から電話が来た。「ああ〜良かった〜！　いきなり病院から電話かかってきたから、お姉ちゃん救急で担ぎ込まれたとか、絶対何かあったと思ったよ〜！」。寝ボケ声で電話に出た私に、焦った様子で妹は言った。どうやら業を煮やした予約科が、緊急連絡先として登録してあった妹に電話をしたらしい。しかも今日来てくれれば、大腸外科の担当医が診察してくれるという。妹にはこの〝惨状〟を逐一ＬＩＮＥで報告していたので、心配した妹は予約科を〝脅し〟て主治医を呼び出し、話までしていた。スゲー行動力！　イヤ……おそらく私にヤル気が無いのだ。いつだって病院との接触は、最短最小限で済まそうとしている。できる限り逃避しようとする。そのせいで妹には本当に心配をかけてしまった。

　その日の午後に、大腸外科の予約が取れた。主治医は別件ありで来られなかったが、同じ外科手術チームの女性医師が診てくれた。「う〜ん……それはおそらく大腸がんが、膣か子宮に浸潤しているんでしょうね」。そりゃ分かってるよ。しかし医師の口振りから、それはままあることなのだと分かった。私がたぐいまれなる、学会発表レベルのレアケースではないことが分かって、ちょっとホッとした。「出血がひどいようでしたら、貧血が心配ですので」と鉄剤を処方されて、入院日はそれから1週間後だと告げられ診察は終わりだった。

「えっ!? これでおしまいなの? もっとレントゲンとかCTとか撮らなくてもいいの?」。ちょっと拍子抜けしたが、一刻も早く病院からおさらばしたいので、それ以上は何もツッ込まずに立ち去った。幸い痛みも出血も治まってきていた。

考えてみれば、入院前にこの状態を医師に知ってもらえたのはありがたい。入院の翌日にはもう手術だ。腹腔鏡で覗いてみて初めて「ありゃりゃ! こんなことになっちゃってる」と分かって、あわてて開腹されたりしたら二度手間だ。妹のゴリ押しには感謝だ。

しかし、これで間違いなく子宮も取られちゃうな。おまけに卵巣も。もう使い道もないからいいけど。昔からちょっと〝ジェンダーコンプレックス〟なところがあったので、常に生理を呪っていた。初潮は14歳と遅かったので、その時母が「やっときたの! 良かったわね～」と、嬉しそうにお腹をなでてくれた時にはゾッとした。アガっちまった時にはせいせいしたのが正直なところだ。

それでも身体の中に、いらない臓器はない。こんなになるまで放っておいてゴメンよ、子宮。

帰るとすぐに主治医らしき医師から電話があった。そんなにトシではない40代位だろうか。「もう少し早く入院できませんか?」という話だった。診察してくれた女性医師から報告を受け、さすがにそれはヤバイ状態だと判断したのだろう。「冗談じゃねーよ！」とは口に出さず、「う〜ん……実は私は物書きでして、まだ片付けねばならない〆切が残ってるので、それはムリ」と答えた。決してウソではない。あと1つ、父の全集の月報を書かなければならなかったのだ。主治医は現在の食事の内容を聞くと、「それではコ〇〇〇クという市販の下剤を飲んでください」と言う。「へぇ〜それ限定なんですか？」と聞くと、そうだと言う。まぁ、万年ゲリなので必要はなかろうが、このやり取りだけで「お主デキるな」と、主治医の人間としての力量が分かった。私は医者の力量を見抜くことについてだけは、ものすご〜く鍛えられている。私個人とウマが合うかどうかも含めてだ。

その日の夕方には、父の全集を出している出版社の社長と担当編集者が来ることになっていた。私を心配してのお見舞いとのことだが、ただ単にくつろぎたいだけなのは分かっている。余談になるが、よくぞこの出版社が父の全集を引き受けてくれた——イヤ、あの世の父がこの出版社を選んだものだと思う。まったく〝党派性〟が無いことや、ややスピリチュアル寄りなのもよかったのだろうが、正直（社長も含め）かなりのポンコツだ。現代社会で出版社をやっていくには、かなりキビシかろうと思うが、頑張ってくれているのは評価する。

簡単なつまみを作り、社長たちとま〇こから〇このびろうな話をしながら、その夜も痛飲した。

大腸がん
卵巣
S字結腸
子宮ちゃん
イメージ図

ニヤリ系の医者

さて、いよいよ入院の日を迎えたのだが、入院受付で希望していた個室は取れず、４人部屋だと聞かされた。

これが本当に参るのだ。別にぜいたくを言う訳ではない。私は完全昼夜逆転生活なのだ。朝の４時５時頃に寝て、お昼前後に起きるのが日常だ。大部屋では夜10時にバシッと消灯され、ＴＶもつけていられない。ガサゴソと雑誌や本をめくっていたら、他の人の迷惑になる。ただでさえ病院では時差ボケでツライのに、気を遣ってストレスになる。

もちろんこんなことでは人間として社会人として失格だろうと、何度も朝型に矯正しようと試みたが、読書や仕事に興が乗ってくると、いつしか夜が明けてしまう。学生の頃だっていつもヨレヨレで学校に通っていた。通学のバスで寝たまま車庫に入れられたことも、一度や二度ではない。両親も基本夜型だった。子供の通学のために早起きはしてくれていたが、

「ゆうべは3時間しか寝てないのよ」などとグチりながら、不機嫌そうに朝食を用意してくれていた母親の姿を思い出す。完全朝型の作家さんなどの話を聞くと、お天道様と共に起き、軽く運動してからしっかりと朝食を取り、午前中に執筆を片付ける。なんてさわやかなんだ！　たぶん私の何十倍も生産効率がいいんだろうな〜……とは思うが、もう親の代からコレなので、あきらめている。

　この病院は実際混み合っているのは分かるが、一応２ヶ月前から個室を希望していたんだし、ひじょうに効率よくベッドを回転させているのは知っている。こいつは直前まで入院日程の連絡がつかなかったことに対するペナルティーかな――とはチラッとよぎったが、こちらの体力も限界だ。空きが出たらすぐに個室に移してくれとだけ頼んで、おとなしく４人部屋に案内された。

　４人部屋と言っても、皆ビシッとカーテンを閉め切ってカプセルホテル状態にしている。我家の本来のかかりつけ病院は、やはり近所にあるＮ医大だ。父親が亡くなったのもその病院だ。30年以上前、母親が盲腸炎を慢性化させて入院した時、個室が取れず６人部屋だったが、皆カーテン開けっ広げでおしゃべりをしたり、お見舞いのお菓子をやり取りしていた。まぁ、うっとうしくもあり、病を忘れる気晴らしにもなっていた。当時赤ちゃんを産んだ際の輸血で肝炎を発症してしまい、毎晩シクシク泣いていたお嬢さんを、母はなぐさめたり励ましたりしていた。その人とは母が亡くなった今でも交流がある。どっちが良いの悪いのとは言えないが、こんなにも人間の付き合い方は変わってしまったのかと、隔世の感がある。

狭い所は嫌いではないので別に不自由は無いが、妙なことにいかなるトンネル効果なのか、すべてのベッドの会話が、オープンにしている時よりもクリアに聞こえる。ひそひそ話でさえも筒抜けだ。こりゃ～プライバシーはゼロだなと覚悟したが、他人様の会話はけっこうなヒマツブシになる。

急遽午後にCT検査が入った。肛門から造影剤を入れるのだという。消化器系と婦人科系が本当に繋がっているのかを確かめるためだろう。お尻からしこたま液体を注入され、「右向いてー」「左向いてー」「仰向けになってー」と指示される。本当に苦しい！　お尻から爆発的に噴出しそうなのをこらえる。「膣の方から出たら言ってください」「あっ！　出たっ出てます」。まったく消化器科は、人間としての尊厳もへったくれもない。

夕方初めて主治医とのご対面となった。電話での会話からの想像と、寸分違わぬ人だった。40代だろう。眼鏡の奥で、ちょっと悪戯っぽいニヤリ感が光る。ホッとした。この人になら任せても大丈夫だ。

さて――これを読んでくれている人のほとんどが疑問に思うことだろう。なぜそれが医師として信頼がおける根拠になるのか？　長年両親や猫のお医者と付き合ってきた中で培われた〝勘〟としか言いようがない――では、物書きとして許される訳がないので、説明を試みてみる。最も重要なのが好奇心だ。この医師は今、一介の患者である私に「何かヘンなおばさん、どんな人なんだろう？」と興味を持ってくれている。医者が人間に、獣医が犬猫に個体として興味を持ってくれたなら、ほぼ８割方「当たり」なのだ。ナースの場合も同様だし、あらゆる職種に通じるだろう。

２０１２年の１月、深夜肺炎で父親がN医大に救急搬送された時、救急救命室の前にたたずむ私に、１人の20代と思われる救急隊員が近付いてきた。「あのっ……あの吉本隆明さんというのは、あの吉本隆明さんと同姓同名なのでは」と言う。「ああ、そのご本人なんですよ」と、ちょっと微笑みながら答えると、「あのっ……自分は読書が好きなので……ご回復をお祈りしております！」と、頭を下げて去って行った。涙が出た。確か牛込署の隊員だったと記憶する。きっと素晴らしい救急隊員になるだろう。大災害なんか起きた時には、大活躍することだろう。マニュアルでもエビデンス通りでもなく、人間を見ることができている。そんな中にもヘッポコはいるだろうが、必ず伸びしろがある。

医療におけるテクニカルエラーは絶対に避けられない。必ず一定数発生する。だが人間として信頼できていたら、「よし、お前なら許そう」という気になれる。この主治医は電話をかけてきた時点で、すぐにでも私を病院に回収して管理せねばと考えていたはずだが、電話での短い会話で、この人はある程度任せといても大丈夫だろうと判断したのだ。デキるヤツだ。

ＣＴ検査の結果を踏まえて、大腸がんが子宮に癒着または浸潤しているのでステージⅡだと言う。『はぁっ!?　何だとぉ?』。周辺のリンパ節に転移があれば、その範囲によってaかb。とにかくできる限り郭清しますとのこと。てきとーにステージⅣと告知した内科医め～、少なからず滅入った2ヶ月を返してくれ！　気の弱い人だったら、そのストレスだけで本当にⅣになっちまうよ。もちろん子宮も卵巣も取らねばならない。その大手術を腹腔鏡でやると言う。「ええっ？　腹腔鏡でやってみて、ありゃやっぱ無理だわ～と開腹に切り替えることは無いんですか？」と聞くと、それはありうると言う。「それじゃ最初から開腹にしちゃった方が手間が省けるんじゃ？」と言うと、「じゃあ、開腹にしますか？」と、ニヤリと笑う。イヤミなヤツだ。

　この病院の大腸外科は、腹腔鏡手術で名を馳せている。1件でも症例を稼ぎたいのだろう。しかも難しい手術なので、是が非でも成功させようと頑張るだろうから悪くない。場合によっては人工肛門になることもあると言う。それは困る。現在の人工肛門はたいへん優秀だとは聞いているが、私はアクセサリーですら身に着けていると気になるタチなのだ。そんなデカイ〝アクセサリー〟はできれば避けたい。それに趣味の温泉や銭湯に、気軽に行けなくなる。ちゃんと腹帯のような物があって、それを装着すれば問題ないらしいが、やはり手拭い1本でブラリという気楽さは無くなる。海外出張中の妹にも、「もしも手術中に急遽人工肛門に切り替えますって緊急連絡が来ても、多少取り残してもいいから断っといて」とは言っておいたが、「イヤ～……どうかな、いざそうなったら『どんな姿になっても、姉の命だけは助けてください！』って言っちゃうだろうな〜」……ヤツは簡単に寝返るだろう。また、大きく大腸を取って動きが悪くなりそうな場合は、一旦人工肛門にして腸の負担を減らし、回復を待って人工肛門を取り外す手術をするという方法もあるそうだ。「へぇ〜それは便利そうですね」と興味津々で食いつくと、「じゃあ、そうしときますか？」と、ニヤリと笑う。かなりイヤミなヤツだが、このやり取りは慣れているので得意分野だ。実はうちの獣医師も、40年以上の付き合いのある電機屋も、私が幼稚園の頃から通っている歯医者も皆このタイプなのだ。ちょっとひねくれた職人タイプとでも言おうか。ヨワイ人だとさらにダメージを食らったりするので、決して万人にお勧めはしないが、なぜか私のまわりにはそんなプロフェッショナルが多い。何よりお互いよけいなことを言わないでも通じるのがありがたい。

「では明日はよろしくお願いします」「はい、頑張ってください」「お前もな（ジミー大西ちゃん風に）」という言葉が喉元まで出かかったが、さすがにそれはオトナなので飲み込んだ。

おひとりですか？

いざ手術室へ向かう時、手術室のナースから「あれ？　お立ち会いの方は？」と聞かれた。
「はい、基本1人なのですが」と答えると、自分でも説明のつかない恥ずかしさがこみ上げてくるのは、なぜだろう？　そう言えば、病室に案内する係の事務の人にも、病棟の主任ナースからも、そう尋ねられた。

私には連れ合いもいないし、父も母も亡くなっている。妹は海外出張中だが、重要な判断を任せている緊急連絡先として教えてあるし、他にも近所の友人と、最も機動力があり、今日も夕方来てくれるであろう〝舎弟〟の連絡先も教えてある。彼なら数分で駆け付けられる。それ以上何が必要なのだ？　ああ……そうか！　手術室の前までストレッチャーに家族が付いてきて、手を握って「がんばってね！」「先生どうかよろしくお願いします！」って、TVドラマでよく観るやつ、アレが病院にとってのお決まりのオプションなのだ。「それナシなのかよ」という病院のガッカリ感。「ゴメンネご期待にそえなくて」という、まっとうな家族構成でないことに対する、世間からのプレッシャーによるうしろめたさが、たぶんこの恥ずかしさの正体なのだろう。

主治医からも、インフォームドコンセントの際、部屋に入るなり「あれ？　ご家族は？」と尋ねられた。これは理解できる。もう1人第三者が立ち会っていないと、密室の中では後に「それは聞いてない」「イヤきちんと説明しました」の応酬となってしまう。特にお年寄りなど、判断力や記憶力があやしくなってきた人には、付き添い人は必要だろう。私もあと10年もしたら、1人じゃ無理になるのかな〜……とは思うが、今のところは必要ない。おそらく誰よりも医師の説明は、正確に理解できるはずだ。しかももしもここで病院側から、どなたでも結構ですので、もう1人お立ち会いの方をなどと要請され、手近な〝舎弟〟でも参加させたりしたら、まずはよけいなチャチャを入れ、さらに下ネタも発生し、私もうかつにそれにノリ、結果「ストマ3個位付けてください」「あんたは黙ってろ！」とか、メチャクチャな方向に転がっていくだろう。想像しただけでめまいがする。絶対に1人でいい。

〝舎弟〟はめちゃめちゃストマ（人工肛門）推しだ。なぜなら自分がけっこうな下痢症で（たぶん過敏性大腸だろう）、外ではトイレ探しに苦労してるし、彼の義理のお母さんも、つい最近大腸がんの手術でストマとなっている。お義母さんの場合は、肛門のすぐ裏にがんができていたので、ストマにせざるを得なかったのだが、そのメリットを目のあたりにしているからだろう。「便利だよ〜」と、しょっちゅう誘惑される。

〝舎弟〟の名は、ガンちゃんという。ガンちゃんの本業はミュージシャンだ。都庁勤務の美人妻と、お年頃の娘さんがいる。ガンちゃんは１９９０年代の後半からうちで仕事をしてくれているので、もう20年近い付き合いだ。その頃から父の眼も脚も弱り始め（母はまったく家事にはノータッチだったし）、私の家事労働の負担が大きくなってきたため、見かねた妹が〝男手〟としてバイトに雇ってくれたのが最初だ。買い物、掃除、庭の手入れ、簡単な大工仕事、調理手伝いや大人数のお客さんのウェイター、私が入院中の猫たちの世話と、何でもこなす。

しかも何より助けられたのは、両親の介護の時だった。通院の際の送迎や大量のかさばるオムツ類の買い出し、私が留守中の両親の食事の世話など、実働はもちろんのこと、最もありがたかったのは、あの〝戦後最大の思想家〟とか言われちゃってる面倒くさい父親扱いが、たいへんうまかったことだ。

父は本当に歩けなくなるギリギリまで、うちの近所をぐるりと３００ｍ位、杖をついて歩くのが日課だった。ある日いつも途中休憩するビルの、椅子にするには丁度いい高さの土台がシートで覆われていた。10階ほどあるビルだが、外壁を高圧洗浄するために、全体を飛散防護シートで覆っていたのだ。アートスクールがあるそのビルには、子供たちや送り迎えのお母さんが出入りする。父は「きっとオレみたいなきたねぇジジィが座ってたら子供たちが恐がるから、嫌がらせのためにやってるんだ」と言う。私はすぐに「何言ってんだよ！　高圧洗浄のための防護シートだろ！　ついにボケたな！」という対応になってしまうのだが（もちろん同様の内容をもうちょっとマイルドにお伝えしますけど）、ガンちゃんは「何！　それは許せん！　あのビルにはオレの昔の彼女が勤めてるんで、先生に椅子をお出ししとけと言っておきましょう」と言う。これには唸った。これぞ介護の〝神対応〟だ。家族には絶対にできない。近すぎず遠すぎずの程良い距離がある他人だからこその対応だ。お調子者のこの〝舎弟〟の存在には、介護時代の私の精神面も本当に救われた。

　暴露しちゃうと、ガンちゃんは妹の〝過去彼〟なのだ。だから実は１９８０年代から知っている。正に弟分だ。うちに出入りする出版関係のお客さんや、ガンちゃんが父・母を車椅子で連れて行ってくれた病院のお医者さんも、私の内縁のダンナだろうと思っている人が多いと思うが、面倒くさいので放ってある。妹などは、「私がガンちゃんと付き合ったのは、後にお父さんお母さんの役に立つ運命だからだったのね！」などと言う始末だ。

「吉本さん」と呼びかけられ、麻酔から覚めると、すぐに時計を見るのが私のクセだ。頭はしっかりしてるようだ。3時半……驚いた。「はぁっ!?　午後の3時半？」手術室に入ったのは午前9時頃だから、6時間半かかってる訳だ。けっこうな大手術じゃないか！　乳がんの時も、大腿骨の人工股関節置換手術の時も、2時間程度だった。これはナースに「お立ち会いの方は？」と尋ねられた理由も分かる。照明が薄暗く感じる。夕方だからでもなく、自分の意識レベルが落ちているのだろう。場合によってはナースステーションの前の、（この病院における）ＩＣＵ的な役割をする大部屋に移される可能性もあるとは聞かされていたが、元の病室の元の位置に戻された。しかし山盛りの管やらコードに繋がれている。酸素マスクに、点滴、尿カテーテル。血圧計、心電計、酸素濃度測定計、脊髄には痛み止めのような物がついている管も入っている。痛みは無いのだが、管がうっとうしいのと、麻酔が残っているのかすぐに寝落ちってしまうのと格闘しながら、何とか心配してくれている人たちに、手術無事終了のメールやＬＩＮＥを送る。

それから1時間ほどして、うちの家事が一段落したガンちゃんがやってきた。カーテンを開けて私を見るなり、「あっらら～そんなになっちゃって～」と、ねぎらいの言葉もなく、お茶などを小さな冷蔵庫に押し込める。家の猫どもの様子や、シー（シロミ）ちゃんの軟便状況を聞く。シロミという猫は、「馬尾神経症候群」という障害を持っている。排泄のコントロールができない。つまりおしっこう○こたれ流しなのだが、ここに来て軟便になっている。〝地雷〟のように絶妙な迷彩で、床にソファーに軟便が落ちているので油断がならない。「軟便は必ずブラシで落としてから洗濯機で回してね。じゃないとすべてう○こまみれになるから」。このくだらない会話も病室中にダダ漏れなんだろうな……と思いつつも指示を出し、再び家に戻り家事の続きをやってもらう。

その数分後、お尻から大量の何かが漏れた。ナースを呼んで確かめてもらうと、おそらく昨日の造影剤の残りと、入院前日まで飲んでいた真っ黒い漢方薬だろう。病棟からぶ厚い尿取りパッドを借りたが、パンツはあるけどパジャマのズボンまで汚れてしまった。ナースに荷物を捜してもらったが、どうしても替えが無い。あわててガンちゃんに「まだ家にいる？」と電話して、替えのズボンを持ってきてもらう。

「あ～病院が近くて良かった～」と、いささかの愛も優しさも無い、諦念と憐憫《れんびん》だけの言葉をくらう。まぁ、これがガンちゃんなりの優しさなのだ。ついでに売店で、尿取りパッドを買ってきてもらう。「このパンツ、シーちゃんの軟便と一緒に洗っちゃっていいからね～」と私は力無く言う。情けない。しかしありがたい。実のダンナだって、ここまでやってくれる人、デキる人がいるだろうか？

　家族や伴侶がいても、問題があったり仲が悪かったりで、孤独な人もいるのだ。ひとりなのに、これだけ周囲に助けられている私は恵まれている。

舎弟
ペット
スーパー
ティッシュ

病室人間模様

時間と共に、血圧計が取れ心電計が取れ、夜には酸素マスクも無くなった（もっとも、うっとうしいのでナースが来ない間は、ほとんど外してたけどね）。

しかしすぐに寝落ちる。まだ麻酔が残っているので仕方ないが、スマホを床頭台の上の充電器に載せよう……と手を伸ばしても、ふと気が付くと、そのまま30分が経っている。読み残して持ってきた週刊誌を開いても、グラビアアイドルのヌードページを抱えたまま寝落ちっている。

夜にニヤリな主治医と、そのチームの先生方が、回診にやって来た。「全部取りましたからね～」と、誇らしげだ。「しっかり縫ってくれました？」と聞く。腸の繋ぎ目の縫いが甘いと、中身が腹腔内に漏れ出して、再手術になると脅されていたからだ。「はい！　しっかり縫っときましたよ」と、主治医は去って行った。やりとげた感オーラ全開なので、たぶん手術は大成功なのだろう。もちろん「ありがとうございました」とは言ったが、そうだよな〜普通なら家族が代わるがわる主治医の手を握り、「ありがとうございました！」って涙を流さんばかりにして何度も頭を下げる、アレだよな〜……しかし、もしも私が医師の立場だったら、それホントにいるか？――と、考えながら30分寝落ちる。もちろん嬉しいけど、そんな特別な事をした訳ではない。目の前にある仕事に全力を尽くしただけだ。月並みだがその表現しか無い。

物書きだって「コレは！」と思ったら、同人誌や小冊子のコラムなど、タダ仕事でも全力を尽くす。時間や自身の状況によっては、ちょっと今回流しちゃったかな〜……なんて時もあるが、その時出せるだけを出す。評価を得られれば嬉しくないはずはないが、本当は医者も物書きも、他にも料理人やアーティストなど、職人的な要素が大きい仕事の人は、ただ自身が到達したい場所を目指すためにやっている。そこに達したら、また先が見えてくる。金さえ入ってテキトーに生きていけりゃいいや、と思っていたら、それこそが〝ヤブ〟だ。もしも〝ごほうび〟があるとしたら、人が自分の仕事で、心から喜んでくれるのを見る時だけだ。私はリアクションが薄くて、ゴメンネ！　だけど、心の底から「ありがとう」と思っているからね。

なんて考えつつも寝落ちるのだが、本当には眠れていない。ナースがチラッとカーテンを開けて様子を見に来るたびに目が覚める。

それにしても、この部屋の空気は悪すぎる。以前は、吉本家かかりつけのボロボロで陰気臭いN医大に比べ、ピカピカだなぁ〜と思っていたここK病院だが、かなり古びてきている。実際換気が悪いし、このベッドは廊下側なので、まったく外気や外光に触れることができない。抗がん剤をやっている人がいるらしく、部屋に〝瘴気〟が満ちていて息苦しい。健康な細胞もがん細胞も共に死んでいく時に発する悲鳴だ。それが毛穴などの、すべての穴から出ていく。バカを言ってるようだが、そうでなければ人間は〝毒〟を溜め込んで死んでしまう。

こういう時ばかりは、自分の〝鼻脳〟を呪う。別に鼻の性能がいい訳ではない。慢性鼻炎で、常に片鼻が詰まっているような情けない鼻だ。まったく科学的根拠は無いが、もしかしたら私は、鼻から入ったにおい情報を脳の通常とは違うフィールドで処理しているのではないか、と思っている。「あ、この猫は〝な〟のにおい。このコは〝も〟のにおい」——というような感じだ。よく高機能自閉症の中で、音が色で見えているという人がいるが、それに近い。

犬（や線虫）は、がん特有のにおいを嗅ぎ分けられると言われているが、もしかしたら私も自分で、分かっていたかもしれない。ただどんなにおいなのか、客観的に説明するのは難しい。が、たとえるなら——「それってもしかして、たくあんに柑橘系の樹の葉っぱを混ぜたようなにおいではありませんか？」と、犬くんにインタビューしてみたい。

こうして悶々としながら夜が明けた。と言っても外光は無く、「おはようございます」と、

6時にナースがやって来て、天井の蛍光灯をパチッと点けるだけだ。

疲れているのに熟睡できない。仰向けばかりで背中や腰が痛いので、ベッドの手すりにつかまって横向きになろうとするが、一挙動起こそうとするごとに寝落ちる。それなのに時間は遅々として進まない。部屋には朝食のにおいが立ち込めているが、私はまだ禁食だし、今はこのにおいだけでオエッとなる。

地獄だ。いつ自分がキレて暴れるか心配だ。唯一楽しみがあるとしたら、他の患者さんの会話からその家庭を推測したり、医療情報を得ることだ。物書きは本当に業が深いと思う。

私が入院した日に入れ違いに、左隣の患者さんが退院していった。ナースが「では後で〝バッシン〟のやり方をご説明に来ますね」と言う。〝バッシン〟？　何だろう、初めて聞く。後に来たナースの説明で、〝抜針〟だと分かった。この患者さんは、これから自宅で自分で抗がん剤をやるのだ。

この日は向かいのベッドの30代と思われる女性が退院していった。福島からこの病院に来たらしい。福島の病院で、ここでは無理だけど、東京のK病院のY先生なら切れると言われ、わざわざやって来たそうだ。こりゃ〜この病院、混むはずだよな〜。ナースに「ほら、夕べは下の毛も抜けたのよ」なんて報告しているから、抗がん剤をやってたのはこの人だ。お父さんが福島から車で迎えに来るそうだが、道が混んで遅れているらしい。やきもきしながら待っている。お父さん到着。よほど嬉しかったのだろう。10㎝ほど開いていた私のベッドのカーテンのすき間で目が合った時、にこやかに手を振って行った。私も「グッドラック」と親指を立てて、無言でそれに答えた。「きっとだいじょうぶだよ」。こういうのは本当に嬉しくなる。

次いで対角線上のベッドの、王子在住らしきお婆も退院していった。ダンナさんが迎えに来た。ダンナさんは昨日も一昨日も来た。もの静かな人だ。王子のお婆はナースや医師には、はきはきと「ありがとうございます！」なんて感じ良く受け答えしているが、ダンナさんには「遅かったわね～」「お昼は食べてくの？　ここはイヤよ～どこにすんのよ」なんて、ツッケンドンでグチグチだ。甘えてるんだなぁ。と、微笑ましい。ナースがダンナさんに「3ヶ月間皆勤賞ですね」と言う。「へぇ～！　3ヶ月も入院してたのか」。どうやら予期せぬ合併症などで、一時命の危機に陥ったらしい。最後に涙声で何度も主治医にお礼を言って帰っていった。これぞ正統派ドラマだ。

ふと気付けば、今この病室には私1人だ。じゃ～せめて窓際のベッドに移してよ～……と思うのだが、今はそれをナースと交渉する気力も荷物をまとめる体力も無い。こうなったら、1日でも早く退院してやる。

ほどなく20代と思われる女性が、母親に付き添われて、王子のお婆がいた対角線上のベッドに入って来た。明日が手術らしい。ナースに「お1人暮らしですか？」と聞かれ、「はい！そうです」と答えるが、すかさずお母さんが、「同じマンションの上の階に私どもが住んでおります」と言う。思わず吹き出した。お嬢さん、それは1人暮らしって言わないよ。何でもかぶせるようにお母さんが発言するので、密着型の母娘のようだ。お嬢さんは、私がいつもお世話になっている宅急便の配達をやっているのだという。術後2、3ヶ月は、お腹に力を入れるような仕事はできないとナースに言われ、「それは困ります」なんて言っているが、たぶんその感じでは、生活には困ってないよね。

本当にこの病院は忙しい。左隣のベッドに、60代と思われる患者さんが入った。どうやら私と同じく昨日に手術をしたようだが、ナースステーション前の大部屋で1泊したらしい。

「同期じゃん！　どっちが早く退院するか勝負しましょうぜ」——な〜んて、勝手に1人遊びをする。

夕刻、舎弟のガンちゃんがやって来る。売店でまた尿取りパッドと、「文春」と「新潮」を買ってきてもらう。

「今日は妻は早いの？　娘もいるのか、じゃ〜メシ作ってからのクロネコね」

「軟便はどんな感じ？」

「あ！　ピンクハウスから猫ゲロがあるって入ってるといけないから、留守電チェックしといてね」——さ〜て、病室の皆様いくらでも聞いていてちょうだい。この会話で私の家庭環境が分かる人いたら、手挙げて！

歩けない猫は猫じゃない

ご存じとは思うが、今の病院は（特別なケースを除き）術後翌日には歩けと言われる。それは理にかなっている。

筋力は恐るべき速さで落ちていく。同時に内臓の働きも、思考する能力も落ちていくのだ。

ナースに支えられ立ち上がると、世界はグルングルンと回る。立って初めて気付いた。

「うわぁ〜！」左下の鉗子を入れた穴からドレーンが出ていて、排液袋も付いてるじゃないか！　点滴・尿カテーテル・脊髄の痛み止め、そして排液袋が目下の敵だ。こいつらをいかに早く外すかが勝負だ（勝負してどうする）。

点滴台（正式には「イルリガートル台」と言うのだと、東海林さだおさんの本で教わった）を杖にして、ナースに支えられながら病棟を1周歩く。「すごいですね〜！　1周大回りできましたね」と、ナースにほめられたところで嬉しくない。ベッドに戻ると、もうグッタリだった。なんでこんなに目が回るのか。もちろん脊髄に入っている薬の影響もあるのだろうが、ダイレクトに身体がダメージを受けているのが分かる。

乳がんの手術も大腿骨の人工股関節置換手術も、つまりは〝外傷〟だ。翌日にはほぼ〝人間〟を取り戻せていた。それに比べ内臓を切り取るって、こんなにダメージを受けるものなのかと驚いた。今の状態は正に〝リビングデッド〟だ。ゾンビの目には、世界はこんな感じに映ってるんだろうな～……と、ゾンビに同情してしまう。

しかし、なるべくタテの姿勢でいなければ回復は遅くなると、ヘッドボードに枕で寄りかかり、何とか座る姿勢を取る。母は晩年、何度も大腿骨の骨折を繰り返した。2度目の骨折で入院していた時、夕食時に遅れてあわてて駆けつけると、母はほとんど手付かずの食事のお盆を前に、ボーッとテレビを観ながら、車椅子にハーネスで拘束されていた。これは少しでもタテの姿勢を保ち、筋力の衰えを防ぐのと、患者さんによっては自分で立ち上がってしまい、転倒するのを防ぐためだ。病院としては致し方ないのだろうが、家族にとっては気分のいいものではない。

「痛い！　痛い！　痛いのよ！　苦しいから横にならせて」と訴える。そりゃ～痛いのは分かるけど、「じゃあ、あと10分だけ座ってよう！」と、家から持ってきたおかずなどを食べさせ、少しでも時間を稼ぐが、5分としない内にベッドに横になりたがる。

最後の骨折入院後に家に帰ってきた時、せめて食事の間だけでもベッドサイドに腰かけてもらおうと、大きな背もたれクッションで支えたり、好きな焼酎やタバコで〝釣ったり〟したが、母はすぐにズルズルと横に倒れてしまう。

身体を弱らせまいという思いでやっていることだが、どうなんだ？　コレ……。

根本からの疑問を抱いてしまった。

父は半年前に亡くなっている。トシをとると感情が薄くなってしまうのか、父の死に対しても特に嘆き悲しんだりはしなかったが、もしかしたらあの時、母の〝魂〟も死んでしまったのかもしれない。

もちろん何が起きても、人工呼吸器などで延命させるという選択肢は考えていなかったが、そんなにタテになって生きるのが苦痛なら、もう無理強いしなくてもいいんじゃないだろうか？

生まれつきの障害や難病などで、寝たきりで人工呼吸器などを付けても、活発に精神活動を続けておられる方も多いが、それが可能なことこそが、ある意味人間としての証だとも言える。犬も猫もすべての動物は、最後の最後まで立ち上がり、1歩でも前に歩こうとする。食うために、危険から身を隠すためにだ。それを放棄したいのなら、もういいんじゃないかと、ある日覚悟を決めた。

「はーい！　お望み通り、私はもう起こしませ～ん。お母ちゃんは、本日をもって寝たきり老人で～す」と、おどけて言った。母は「イジワルね！」と怒っていたが、私は本気でその日から無理に起こすことを断念し、寝たきりのままの母の口に「はい、ア〜ンして」と、食事を食べさせた。

果たして母が亡くなったのは、それからたった1ヶ月後だった。

父の場合は、最後まで前に進んでいた。しかしそれは〝這って〟だった。「イヤ〜……これは斬新だ！」と、感心した。

ご老人は、立ち上がって歩こうとするから、廊下などで転倒し寝たきりとなる。それが心配で、片時も目を離せず疲弊してしまう介護者も多いと思うが、這って歩いてくれれば絶対に転ぶ心配は無い。

父は最後の2、3年は、お客さんの前にも這って出て行った。「吉本さんが、こんなに腰を低くされている！」と、さらにひれ伏すようにお辞儀をするお客さんもいらしたので笑えた。食事のテーブルや、トイレに座る時にだけ慎重につかまり立ちすればいいのだし、ハイハイは上半身にも下半身にも、けっこういい運動になっている。赤ちゃんがハイハイを始めて運動能力を獲得していくのと同じだ……イヤ、本当は真逆なのだが、それでも確実に前に進む。これぞ自然に老いていく過程なのかもしれない――と、父には教えられた。

術後2日目には、ナースに売店で尿取りパッドを買ってきてくれと言われた。私はけっこうパッドを病院からお借りしていた。「退院時に精算でいいじゃん」とは思うが、おそらくこれも、リハビリの一環なのだろう。

例の〝イルリガートル君〟を支えに、30分ほどかけて（途中で何度も寝落ちるので）何とか立ち上がる。相変わらず世界は回転している。それに、ぶら下がっている袋どもが恥ずかしい。血の色の排液袋・尿袋・点滴、しかし病院内においては、なんか袋がいっぱい付いている人の方が、エライような気がしてくるのがおかしい。他のお見舞い客からも優しくされる。

売店は2階下だが、エレベーターを待っている間も立っていられない。置いてある丸椅子に腰をかける。エレベーターホールからは、眼下に〝ジャバ〟が見渡せる。いつも自転車で通る路地、近道になる神社の参道のイチョウ並木。こんなに近いのに、ここは〝異界〟なのだ。ここに長くいてはならない。猫はいつだって病院から脱出したいのだ。少しでもケージが開いたら逃走するだろう。私にとっての〝ケージ〟は何なのだろう？　おそらく日々少しずつ溜まっていく、ガマンの許容量のリミットラインだろう。

売店は有名コンビニ「L」が入っているのだが、通常は売っていない尿取りパッドを始め、内視鏡検査の前日に食べるレトルト3食セットとか、背中かきやマジックハンドなどがあるので面白い（もちろん酒・タバコは置いてない）。尿取りパッドは2個入りだが、やたらぶ厚い。「これ以外は無いんですか？」と尋ねると、「ありませんね」と言う。仕方なくお会計をしようとすると、「あちらに並んでください」と、そっけない口調で言われる。見ると患者も外来の人も、ナースも医師も、皆パンや飲み物を手に中央に1列に並んでいる。これは失礼しました。お昼ちょい過ぎで混んでいるのだ。先頭のおばさまが、私の気の毒な姿に同情してくれ、「ここにどうぞ」と手招きしてくれたが、「イエイエ大丈夫ですから」とご辞退し、陳列棚をぐるりと回って最後尾に着いた。そうするのはあたり前なのだが、正直倒れそうだ。病院内の売店は完全に〝売り手市場〟だ。他に競合が存在しないのだから当然だが、態度に「売ってやっている」の驕《おご》りが見える。私は〝接客〟にだけはうるさいのだ。せめて「申し訳ありませんが、あちらからお並びいただけますか？（ニコッ）」位の言葉遣いはできないものか。接客態度はタダだぞ。それだけでも店の売上は倍近く違ってくるだろう――ったって、病院内は治外法権だから関係ないんだろうけど。

店員もお客も皆あわただしく、商品と代金のやり取りをするだけだし、売上は間違いなく高値安定の優良店な訳だから、よほどの大ミスでもやらかさない限り、本社は決してこの思い上がりを知ることはないだろうが、「コンビニLよ！　この小さなほころびは、必ずや将来大きな亀裂となって返ってくることであろう。フッハッハッハ！」と、軽く呪って許してやることにした。

何たって、今はこっちの方がマトモに相手にしてる体力無いのよ〜！

ビール
ブラッディーマリー

崖っぷちな人

ここまでお読みいただいて、モヤモヤと感じておられる方もいるのではと思う。

「こいつ入院前は、あれだけことあるごとに飲んでいたのに、入院して酒を断たれたら、某（元ロッカーの）有名作家のように、肉体や精神の暴れなどは無いのだろうか？」と。

私の場合は環境が変わると、さしてアルコールに対する渇望は感じなくなる。「じゃあ普段はせいぜいビールを１、２杯程度で、それほど飲んではいなかったんじゃないの？」と、思われるかもしれないが、決してそんなことはない。正直３６５日（休肝日無しに）１日ビール２ℓ以上は飲んでいる。

今、すべての医療関係者が「そんなことだから大腸がんになるんだよ！」と、一斉にツッ込んでいることだろう。それは否めますまい。でも２ℓと聞くと、あの水の２ℓペットボトルを思い浮かべ、とんでもない大酒飲みと思われるかもしれないが、たかだか１日缶ビール

5、6本よ。カワイイもんよ。

京都に住んでいた学生時代のことだ。友人2人と、北白川の居酒屋に入った。まだまだ飲酒初心者だった。夏のビヤガーデンとか、友人とのイベント以外、普段はまったく飲むことはなかった。カウンター席で私の隣に居合わせたお兄さんが、「おひとつどうぞ」と、日本酒を1杯注いでくれた。何の話だったか、そのお兄さんとは友人そっちのけで盛り上がり、私は注がれるままクィクィと飲んだ。お兄さんは、おごってくれて先に帰って行った（おそらくあきれたのだろう）。私はよく覚えていないのだが、友人によると空の2合とっくりが10本以上並んでいたという。おそらく1升近く飲んでいたのだと思う。

ビンボー学生たちだ。居酒屋のある北白川から下宿まで3、4㎞あったが、歩いて帰るしかない。途中友人のアパートに寄ってお茶を飲み、私は1人下宿に向かった。下宿はそこよりさらに1㎞程先の、比叡山の入り口「雲母坂」のさらに上だ。友人のアパートを出ると、すぐにパタリと倒れた。手足に力が入らない。頭はしっかりしてるのに、ただ身体が動かない。当時パラパラと住宅はあったものの、周囲はほとんどが畑だ。人なんてまったく通らない。仕方ないので10分位休んでから立ち上がってみようと路上で寝てしまったが、11月頃だったと思う。もっと寒い時期だったら、危なかったかもしれない。ハッと目覚めてまた数十m歩く。そうやって1時間程かけて、なんとか下宿にたどり着いた。翌日はもう二日酔いなんてもんじゃなかった。

この時初めて分かった。自分はビールだろうが日本酒だろうが、何でも同じ速度で飲んでしまう。頭はけっこう清明だ。決して人を殴ったり裸踊りをしたりしないし、記憶もそこそこちゃんと残っている。しかし身体は、自分の許容量なりのダメージを受けているのだと。若かったので、その後も何度かは立てなくなったり、ひどい二日酔いで起き上がれないなんてことはあったが、さほどの致命的な失敗はやらかさずに済んできた。その40年後の２０１５年11月までは。

オトナになってからは、何を飲む時もアルコール度数をビール程度（５、６度）に統一することを心掛けた。焼酎もウォッカもウイスキーも、思いきり水や炭酸で薄める。最もごまかしがきかないのが、日本酒とワインなのだが、なるべく一緒に水をたくさん飲むようにしているし、差し支えのない場では、日本酒にもワインにも氷を入れちゃう。たぶん本物の〝酒飲み〟ではないのだ。そりゃ～熱燗をちびりちびりとやりながら、〝このわた〟とか、カッコイイ酒やってみたいさ。〝真鯛とキノコのグリルアンチョビソース〟だったら、白かスパークリングだろうよ。でも私は、生ビール２杯で流し込んじゃうもんね。

自分では〝口唇期コンプレックス〟だと、勝手に解釈している。私は母の肺結核治癒後、初めて産むのを許された子なので、母体への負担を考え、早い段階でおっぱいを離されたと聞く。飲み物に対しての〝飢え〟があるのだと思う。別にアルコール飲料でなくても、常にコーヒーやらお茶やらを口にしている。「じゃ～お茶に留めとけよ」と思われるかもしれないが、そこが（まだかろうじてコントロールがきくとは言え）アル中（あえて「アルコール依存症」という呼称は使いません）の、びみょ〜なところなのだ。

２０１５年11月、久々に会う高校時代の友人がうちに来た。彼女もかなりの酒豪だ。楽しく盛り上がり、生ビール３、４杯、ワイン１本、その後ウイスキーもハイボールでかなり飲んだと思う。友人が帰った後、キッチンで洗い物を片付けていた。ふと時計を見ると、外猫にエサをやりに行く午前１時だった。猫エサの準備をすると、自転車で家を出た。家から数百ｍのところでフラッとよろけ、転んで右ひざを着いた。「いけない、やっぱり身体にきてるんだな」と、自転車を押してしばらく歩いたが、「これなら行けそうだ」と、再び自転車にまたがりこぎ出したら、すぐにまたパタッと倒れた。「これはもう今夜はやめて、引き返した方がいい」と、立ち上がろうとしたが、右脚がピクリとも動かない。身体の上に乗っかった自転車をのけて、何とか上半身の力だけで起き上がろうとしたが、丸太ん棒のようにぶら下がった右脚の重さで、まったく動けない。おそらく骨折したのだろうとは思ったが、その時は打ち身以外の痛みは感じなかった。

この深夜の〝猫巡回〟の時には、いつも携帯を持たずに出てしまう。大通りと平行した１本裏道とは言え、深夜2時近くだ。誰も通らない。自転車を抱えたまま、30分程その場に倒れていただろうか。自転車に乗った若者が通り掛かった。「スミマセ〜ン！　救急車を呼んでください」と頼んだ。若者はその場でスマホで救急に連絡すると、「だいじょぶですか？」

の一言も無く、無言で立ち去った。深夜自転車を抱えて倒れているヤバイおばさんと関わりたくなかったのだろう。当然だ。

そしてかかりつけのＮ医大に救急搬送されたのだが、「大腿骨頸部骨折」と聞いて、目の前が真っ暗になった。がんと告知されるより、はるかに「ガーン！」だった。母が寝たきりになったのと同じ箇所の骨折。手術は避けられないばかりか、どんな経過をたどり、リハビリにどれだけ時間がかかるのか、果たして元通りに歩けるようになるのか、ゲロを吐くほど思い知っているあの骨折。

この時ほど自分のバカさ加減を呪い、打ちのめされたことは無かった。猫も洗い物もゴミも恥ずかしい物（？）も、すべて家に放置したままの緊急入院だ。猫のエサやり用の生臭い普段着のままベッドに横たわっている。パンツの替えすら無い。矛盾した話だが、この時ばかりは「両親が死んでて良かった」と思った。この時もガンちゃんに頼み込んで、全面協力を仰ぐしか無かったが、あらゆる意味での不安と罪悪感からか、毎晩リアル実在人物のリアル悪夢を見た。寝汗グッショリで、夜中ナースを呼んで着替えを頼んだりした。

「この部屋、お父ちゃんが死んだちょうど真下にあたるから、何かあるのかなぁ」などと深夜妹に電話でグチっていたら、妹に「もしかしてそれって禁断症状かもよ（あえて「離脱症状」という呼称は使いません）」と言われ、「ああ！」と納得した。妹も妊娠が分かり、いきなり酒をやめた時、すごくリアルな悪夢を見たと言う。父の全集を出している出版社のＭさん（かなりの大酒飲みだ）も、脚を骨折して入院した時、毎晩悪夢を見たそうだ。「寝汗ダラダラだったでしょ？」「そうそう！」なんだ、みんなそうなのね〜良かった……って安心してどーする！

崖っぷちで生きている。

健康オタクで健全な方々には、決して理解はしていただけないだろう。

父は大食い早食いで（本人いわく〝食欲中毒〟だそうだ）、30代から糖尿病を患っていたが、節制を心掛けることはなく、晩年は眼も脚もダメになった。母は入院した時、アルコールの禁断症状による異常行動が見られ、一時精神科に入れられたこともあったが、死ぬまで酒もタバコもやめなかった。

決して早死にしたいとは思ってないが、生き方に〝正解〟は無いのだ。

インフォームドコンセントの際、主治医から大腸の縫い目がいかに繋がりにくいのか説明を受け、「ビールなんか飲んだら、シミそうですね〜」と言ったら、「だいじょうぶですよ！帰ったらすぐに飲めますよ」と、主治医はニヤリと笑った。

そうだった。外科医というのは、一番崖っぷちな人々なのだ。

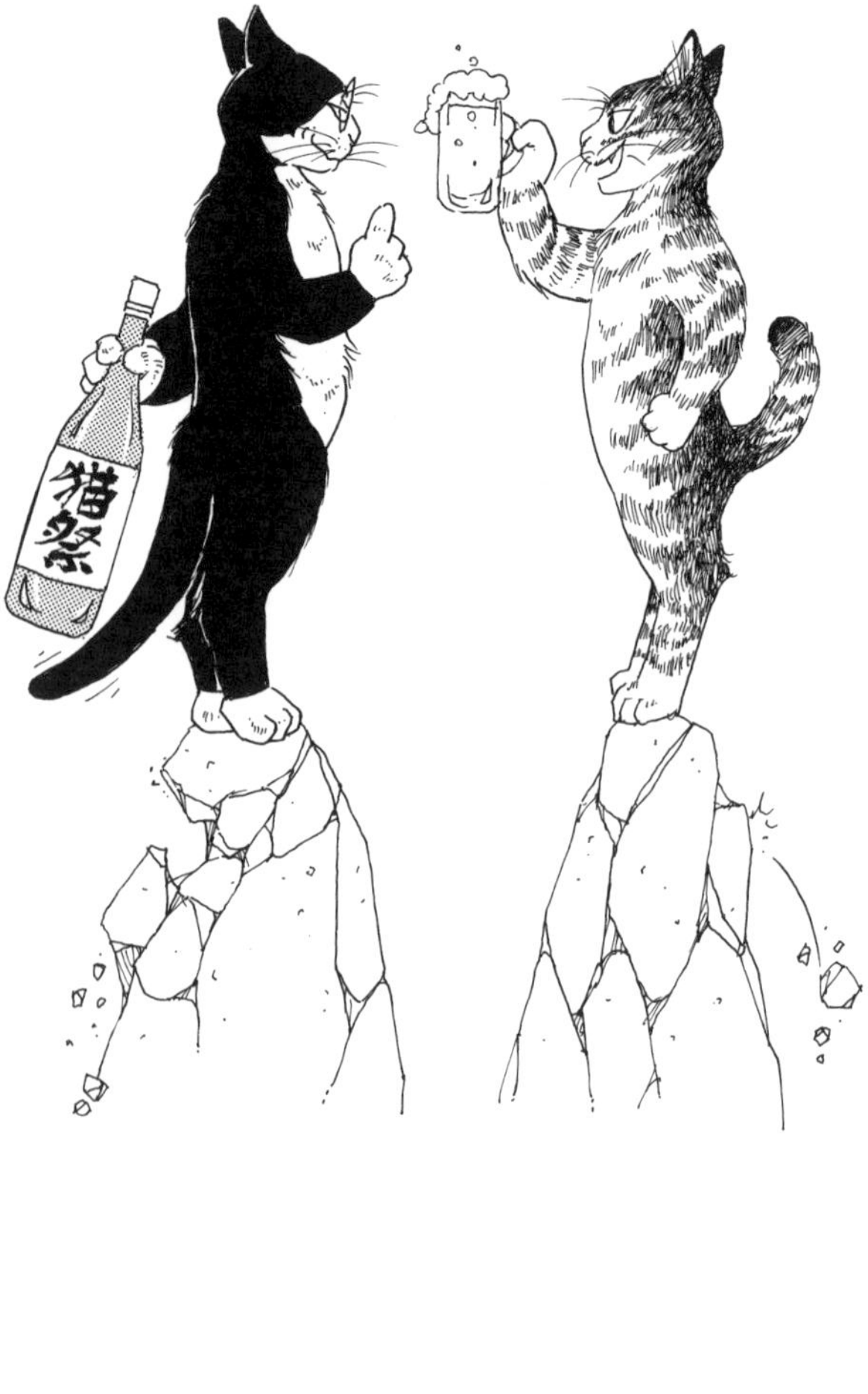
猫祭

見舞われる

私はお見舞いが苦手だ。見舞うのも見舞われるのもだ。

妹は私のこの習性をよく知っているので、ある程度〝元気〟になるまでは来ないし、ことに手術の付き添いなどは避けている。

ガンちゃんが来るのは、お見舞いなどではなく通常業務だし、〝日常〟を持ち込んでくれるのがありがたい。そうそう、帰ったらすぐに床に落ちてる猫ゲロや軟便掃除なのよね。目が回ろうが倒れそうになろうが、シーツやタオル引っぺがして洗濯機フル回転。それが私の生きる世界なのよね——という現実に引き戻してくれるのだ。

不思議なことに、この病院という〝異界〟にいると、ものの2、3日で日常生活のリアルを忘れる。ここが世界のメインとなる。

6年前に乳がんの手術で入院した時、術後2日目には「乳がん体操」とやらで、動ける患者が毎日夕食前に召集される。腕を上に伸ばしたり後ろで組んだり、可動範囲を広げるための体操だ。私は例によって、集合した女性患者たちとも「あらスゴイ！　もうすぐ後ろでつきそうね」「そうですか〜?」とか「こうして見ると太ってる人っていないわね」「おっぱいに脂肪が無い方が、早期に見つけやすいからでしょうね〜」などと、最低限の世間話しかしないが、どうやら同室の女性方は仲良くなっているようだ（私はこの時個室だった）。「帰ったらすぐにまた小学生の息子とダンナに、ご飯作らなきゃならないのね〜」とか「帰ってからも連絡取り合いましょうね」なんて、入院生活を惜しむかのような会話が聞こえてくる。

　大腿骨骨折で入院したN医大の時もそうだった。リハビリ室でお婆さまが理学療法士に、「帰ったって1人だしねぇ……ご飯も何も自分でやらなくちゃならないし、ここは上げ膳据え膳だからありがたいのよね〜」と訴えていた。「マジすか？　あのクソまずい飯ですよ？（については後にお話しするとして）」

　乳がんの時は、私だって帰れば猫どもと、肺炎で入院中の命の危険がある父親と、呼吸不全で栄養失調だと主治医にムチャ振りをして、私が入院中だけN医大に預かってもらっている母親が待ってるのだ。ここK病院にいる間は、新聞・雑誌・本読み放題の時間がある。小さなテーブルの上に足を投げ出して『ジョジョ』を読んでいる時間は至福だった。ふと、1日延ばしにしたい気持ちが湧き上がってくる。

　でも違う。実はこの〝異界〟はすべて管理されている。食事も就寝の時間も、歩けるのはせいぜい売店か外来玄関までだ。RPG（ロールプレイングゲーム）に似ている。〝自由度〟が高いかに見えて、〝フラグ〟に囲まれているのだ。ここにいてはならない。キビシイ現実に戻ることこそが、ゲームクリアだと忘れてはいけない。

ある程度元気になり、ヒマを持て余し始めた頃、日常的によく会う友人が来てくれるのはありがたい。おしゃべりの内容だって、毎度おなじみ夫のグチや、旅行の話などいつもと変わらない。しかし半年に1度とか、ヘタすりゃ何年も会ってない人が、わざわざ病人の顔を見に訪れる――どういう神経しとるんぢゃ!? 父も昔から家族ぐるみで付き合いのあった友人が、けっこう重い病気で入院した時、「お見舞い行かなくていいの?」と尋ねると、「オレなんかが行ったら、いよいよ俺も最期なんだなって思われちまわ〜」と、やはり決して行かなかった。

近所に住むMちゃんという50年来の友人がいる。彼女とは日常的によく会うので、単なるダベリができる数少ない友人だ。

大腿骨骨折で救急搬送された時、とにかく着のみ着のまま、携帯すら持っていかなかった。朝を待って病院に携帯を借り、まずは近所のMちゃんに連絡して家に行ってもらい、スマホと充電器、保険証と診察券、最低限の着替えを持って来てもらった。これで初めて妹やガンちゃんに、この状況を知らせることができるので本当に助かった。

Mちゃんは何やらウキウキとしている。「何よ、嬉しそうね」と言うと、「だってさわちゃん（本名）が寝てるのなんて見たことないもん。乳がんの時だって、いつ行っても起き上がってたし」。ウフフンと笑う。コイツめ〜！　人が弱ってるのを見て楽しんでるな。イヤ……決して悪気は無い。私とあまりにも感覚が違いすぎるのだ。

　某有名キャスターが、がんの手術後麻酔から目覚めると、娘たちが手を握ってくれていた——というＣＭがあったが、私にそれをやったら万死に値する。死ぬ時だって見守ってくれていたら、「絶対に皆のいる前で死んでやるもんか！」と、根性が湧いてくる（それはそれでいいのか）。どうやら吉本家には、そのキャスター的メンタルは皆無らしく、父も母もスキを狙うようにして、１人の時に逝ってしまった。

　たぶんうちの方がオカシイのだ。

　Ｍちゃんには、手術の時間なども「う〜ん……朝イチみたい」などとあいまいに伝えてあるのに、しっかりと来てくれてしまう。乳がんの手術の日も、Ｍちゃんは朝イチの９時頃来てくれてしまった。６階の窓からはるか遠くに望める赤城山と榛名山を見て盛り上がったのは、それはそれでいい思い出だが。

　その後Ｍちゃんは仕事があると言うので、「じゃあもう帰ってね。だいじょぶだから。終わったらメールするからね」と念を押したが、手術室から戻るとＭちゃんはまだいた。談話室で校正の仕事をしながら待っていたのだ。「もうホントにだいじょぶだから、帰って仕事して。お願いだから！」と、かなり強い口調で言ってしまった。大腿骨の人工股関節置換手術の時も、「午後イチみたいだけど、必ず午前の手術が押すみたいだから、よく分かんないな〜」と、かなりごまかしたのだが、終わるとしっかり病室で待っていてくれてしまう。

Ｍちゃんはまったく悪くない。手術室に独りで向かい独りで帰って来る。さぞかし心細かろう。そんな友人を何とか励ましたい。まったくもって正しいと思う。まっとうな人間の感覚だ。

それから間もなく、Ｍちゃんの長男の妻がご懐妊だと聞いた。ひどいツワリもおさまろうとした頃、ほどなく切迫流産の恐れがあるとして入院したそうだ。うちの母も妹を妊娠中それで入院した。とにかくできるだけ動いてはいけない。寝たきりが望ましいので、本当は健康体の妊婦さんにとっては、かなりツライと思う。当然Ｍちゃんは、手作りのお惣菜やら差し入れを持ってお見舞いに駆け付けた。その場では「ありがとうございます！」と喜んでくれた嫁さんだが、後で「お義母さん、いらっしゃるならちゃんと前もってお知らせください！」と、かなりキビシイ口調のメールが来たという。どう考えたらいいんだろう。彼女は育ちのいい家庭のお嬢さんだから、人に会う時はピシッとした姿を見せたいのかなぁ……と、Ｍちゃんはムチャクチャ落ち込んでいた。

いつも彼女はＭちゃんに、料理を教えてもらいながら一緒に作ったり、Ｍちゃんの息子であるダンナ抜きでも１人で訪れて、しゃべったりくつろいだりしていた。Ｍちゃんの困惑は理解できる。

私も彼女とは、結婚前から何度か会ったことがある。ちょっと鼻にかかった声で、一見おっとり風の甘え上手な感じの女性だ。しかし芯にある粘り強さと、ちょっとした〝闇〟を感じた。「はは〜ん……これはもしかして」。チャンスとばかりに、Mちゃんに説明を試みた。

人間の中には、何でだか一定数〝獣系〟の感覚を持っている人がいるんだと思う。その種の人間にとっては、自分が弱って動けないのを見られることに、最も恐怖を感じるんだ。それは本能的なもので、本人も自覚してない場合が多い――で、実は私もそっち系の人間なので、手術の日に来られるのは、すごくイヤだったと告白した。Mちゃんは目を丸くしていたが、何とか理解しようとしていた。「それって恐怖なの？」と聞くので、「うん、根底にあるのは恐怖に近いと思う」。野生動物は弱って動けない時、外敵に襲われないよう物陰に身を隠す。襲われた時にダッシュで逃げられるよう、回復するまではジッと身を潜めて動かない。

　本当を言うと、私は寝顔を見られるのもイヤなのだ（別にバッチリメイクをしている訳ではないのよ）。スッポンポンを見られるよりイヤかもしれない。人と旅行の時などは、たいがい大酒飲んで寝ちゃうけどね。無防備な姿をさらすことに、どこか危険を感じてしまうのだ（寝姿とスッポンポン、どちらが無防備かは議論が分かれるところだろうが）。彼女の中にも、自分でも気付かないそんな部分があるのかもしれないよ。それが動けずにいるイラ立ちと相まって、ついそんなキツイ表現になったんじゃないのかなぁ。

「分かったわ」とMちゃんは言ったが、頭では理解できても、我が身にしみる体験をしない限りは〝腑に落ちない〟のが、Mちゃんという人だ。

大腸がんの手術の日、Mちゃんは来なかった。術後3日目には友人、その後も友人夫妻や妹とダンナがやって来た。「あれれ〜?」と感じ始めた。「明後日退院決定!」と、LINEを送ってみた。退院前日の夕方、やっとMちゃんは現われた。その前に妹一家も来ていたので、狭い病室ではうるさかろうと、皆で談話室にいたのだが、Mちゃんは離れたテーブルにポツネンと座った。

う〜ん……薬が効きすぎた――と言うより、頭だけで理解するって、こんなチグハグなことになっちゃうのね。ゴメン! Mちゃん。でも人間って違うからこそ面白い。

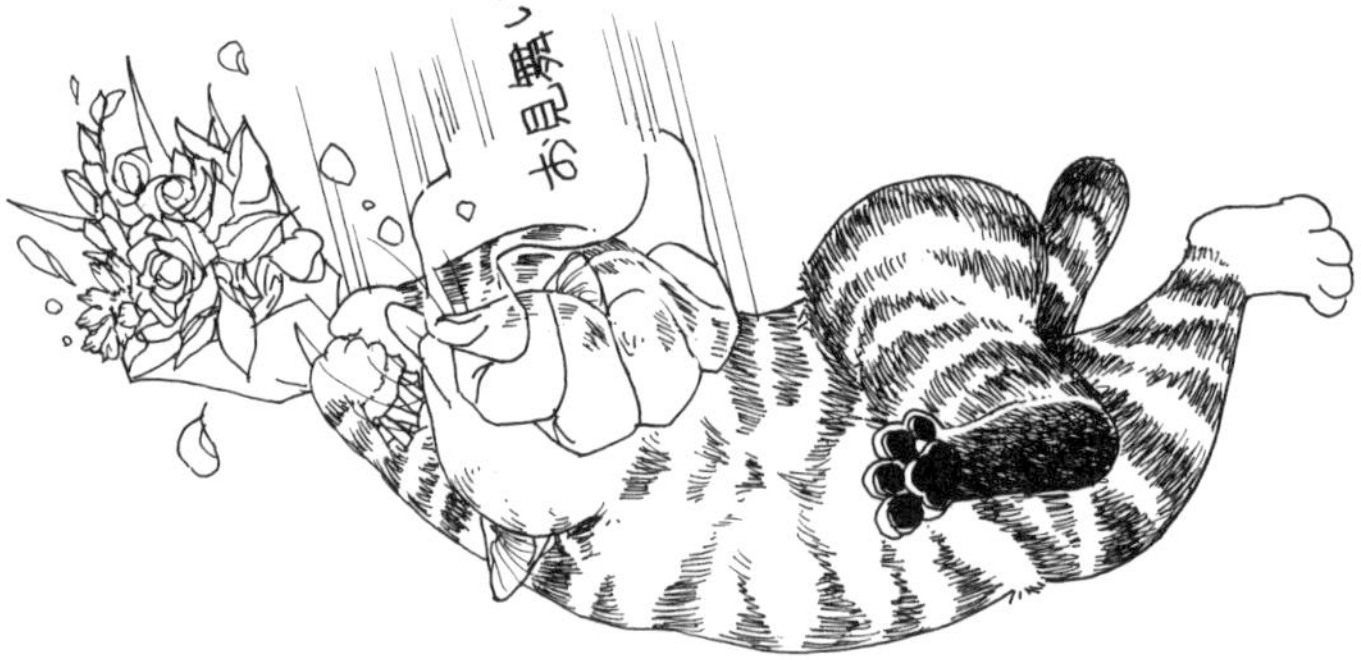
お見舞い

ネコノコシカケ

今回は、まったく科学的・医学的根拠の無い、しかもスピリチュアル寄りの個人的感覚に基づく話なので、もちろん信じていただかなくていいし、良い子はあまりマネをしないでください。

私はがんと告知されても、まったく「ガーン！」とならないし、「クソ〜！　めんどくさいことになったな」と思う以外、何の感想も無い——というのは、以前にも書いたが、自分でもいまだにその理由はよく分からない。

十数年ほど前、父親にやはり大腸がんが見つかった。

大出血をし、トイレから寝所にしている客間までが鮮血で〝松の廊下〟のような惨状になっていたので、翌日あわてて病院に連れて行ったのだが、その原因は「虚血性大腸炎」だった。糖尿病で、もろくなっていた直腸の毛細血管が破れて出血をした訳だが、病院はもちろん内視鏡検査をする。するともっと先の横行結腸に、がんが見つかった。まったくの偶然だ。内視鏡の写真を見ると、直径3㎝ほどの梅干しの半切りのような、コンパクトながんだった。こりゃ～腸ごと10㎝位切っちゃうしかないなと思い、早速「イェイ！　がんだったぜ」と、ルンルンで父の病室に知らせに行こうと思ったら、「それは詳しい病理の検査結果が出てからにしてください！」と、あわてて医師に止められた。まだ本人に直接告知はしない、そういう時代だったのかもしれない。

しかしその頃から、私のがんに対するスタンスは決まっていたということだ。手術などの過剰な医療を嫌う父親だったが、こいつは切れば治っちゃうヤツだから！　もしも再発でもしたら、その時は放っといてあげるから、今回だけは切っちまおう――と説得した。

なぜか私は、その〝がん相〟を見ただけで大丈夫だと確信していた。

理由の1つには、その頃たて続けに2匹の猫をがんで亡くしていたことがあると思う。1匹は胃の噴門部の腺がんで、余命1ヶ月位だろうと言われたのに、放置したまましぶとく2年半生きた。つまり〝人間時間〟に換算すると、余命半年と言われたところが、10年以上生きたということになる（しかも死因はがんではなく腎不全だった）。

もう1匹は、普段から落ち着きの無い猫だったが、なぜか同じ所をクルクル回るので、おかしいと思い病院に連れて行くと、脳の延髄に腫瘍が見付かった。異変を感じてから、わずか2週間の命だった。

その後も、テバという猫とヒメ子という猫をどちらも5歳で白血病で亡くしたが、2匹とも自己主張の強くない、どこかはかなげな雌の美猫だった。

なんとなく、がんの性質はその人の性格と同じだと感じていた。いくら〝がん化〟したって自身の細胞なのだ。細胞1つ1つがその個人を作っているのだから、当然と言えば当然だ。父は半分にしたって死にやしない性格なので、きっとしぶとく生き延びるだろう。

また小林麻央さんのケースのように、若い人の命をあっという間に奪ってしまうタイプのがんがある。これは父や私のがんとは、似て非なる病だと思っている。あれよあれよという間に周囲に浸潤したり転移したりする、タチの悪いヤツだ。

最近ひと括りに〝がんサバイバー〟とか言って、闘病の苦労を語る方々がいるが、中には「あんたのは違うよ！　ただのがんなのに、無駄にツライ放射線治療や抗がん剤やっちまったな～」と、ツッ込んでしまう人もいる。

それを言うと、例の〝がんもどき〟説で、たたかれまくっているK医師と同じことを言っているようだが逆だ！　本物のがんは、こちらの方だ。がんは硬い〝巌〟なのだ（ちなみにガンちゃんの本名は「巌」だ）。あちらの方こそ〝がんもどき〟だ。おそらく近代医学が入って来る前までは、進行の早いがんは、〝がん〟とすら認識されないまま、謎の病として亡くなってしまったのだろう。

私のは巨大だけど、〝巌ちゃん〟だと知っているズルイヤツなので、大いに周囲に宣伝しまくるから、集まるわ集まるわ！　いただくわいただくわ！　がんに効くという、気功や鍼や漢方を始めとする民間療法や健康食品の数々。その数、十数種類。どれも「これで末期がんが消えた！」という触れ込み付きの治療法だ。しかし何で、〇〇病院の最新分子標的薬が効果的だとか、××病院の重粒子線治療がスゴイとかじゃなくて、全員がそっち方面からなんだ？　とは思うが、どちらかというと、人間関係そっけない私を皆様こんなに心配してくれていたのかと、本当にありがたい。

私も決してキライではないので、一応すべて試してみる。

こうした民間療法は、おおむね４タイプに分別できると思う。１つは、カバノアナタケ（チャーガ）とか、サルノコシカケ（霊芝）とか、ビワの種など、直接がん細胞を攻撃すると言われている、β-グルカンやアミグダリンなどの成分を含む食品。

カバノアナタケは白樺に寄生する菌類で、最後には宿主である白樺を枯らしてしまう。サルノコシカケも、うちの梅の古木に生えたことがあるが、梅を枯らすので植木屋さんが取ってしまった。ビワの種は体内で青酸物質に変化するので、摂りすぎたら危ない。つまり〝毒をもって毒を制す〟。昔ながらの天然の〝抗がん剤〟という考え方だ。

２つめは、身体から毒素を出すという方法。ヨード水とか、海洋深層水から抽出したミネラルや、〝太陽石〟とやらの粉。これらは総じてマズイ！　特に最悪激マズだったのが、太陽石とやらの粉だった。古代の海底だった地層から取れるのだと言うが、たとえるならカビ臭い火鉢の灰だ（見た目も）。珪藻土のにおいなので、古代の海底に積もったプランクトンの死骸が堆積した地層なのだろう。猫のトイレ砂を食べているようでムリだった。

他にも米ぬかに埋まる酵素風呂とか、玉川温泉の温石《おんじゃく》風呂など、ダラダラ汗をかく毒出し療法も試したが、私の場合もれなく帰りのビールとセットになっているので、効果のほどは不明だ。

3つめは、発酵食品などの酵素や多種のビタミン、乳酸菌抽出エキスなど、抗酸化作用があると言われる食品。これらはおおむね食べ易いし、ただでさえ身体に良いだろう。

4つめに鍼や気功のように、全身の個々の細胞に一斉にアプローチするタイプの療法がある。信じない人は信じないでいいが、昔から連綿と続けられてきたのだ。必ず意味があるはずだ。プラシーボと言われればそれまでだが、何でだか効くんだからいいじゃん！　というのが、東洋医学の考え方だ。

家族論や教育論を主としている、S氏という評論家がいる。彼は私が中学生の頃、家庭教師をしてくれていた。一時思想的な意見の食い違いから、父と袂を分かっていたが、何だかんだ今だって父のことが大好きだし、〝総領〟ってやつは〝甚六〟で、親父に逆らって出てって当然なのよ——って感じで、今も私の兄的存在だ。彼の奥さんが、ある日突然手から

〝出る〟ようになっちゃったみたい。と言うので、数年前から月イチペースで、〝手当て〟のようなことをしてもらっている。本人は「自分じゃまったく自覚ないのよね」と、ケラケラ笑うが、実際カイロを当てられたように熱くなる。不思議だが〝気のせい〟レベルを超えている。

　その夫妻がお見舞いに来てくれた。

　奥さんは〝手当て〟を、S氏は足もみをしてくれていた。ナースがチラッとカーテンを開けて様子を見に来た。まぁ、定期的に来るのだが、ナースステーション前を通る見舞い客を見て、アヤシイ人ではないかと、さりげなくチェックしに来るのだ。ナースは「あ！」という感じで会釈をして去って行った。

　翌日には妹夫妻がやって来た。妹のダンナは、ロルフィングという（説明が難しいのだが）、ちゃんと科学的根拠に基づいたアメリカ発の〝整体〟のような治療法の第一人者だ。それに独自に〝気功〟的テイストを加味している。ダンナは手を当てている。妹は足もみをしている。またナースが見に来て「あ！」と、会釈をして去って行った。

　アヤシイよな〜……絶対、こういう宗教の人だと思われてるんだろうなぁ〜まぁ……似たようなもんですけどさ。

　こうした民間療法を私は決して効かないとは言わない。おそらく効果はあるはずだ。しかし、〝倍々ゲーム〟で増えていくがん細胞とは、〝綱引き〟をやっているような状態がほとんどだし、私のような〝巌ちゃん〟タイプのがんを消滅させるのは、まず不可能だ。こういうヤツは、切っちまうのが1番てっとり早い。むしろ（あくまでも私の印象だが）リンパ腫や、散らばってしまった転移がんなどの方が、一斉にアポトーシスを起こさせる可能性があるので、効果的な気がする。

しかし毎日これらを全部やってたら、これだけでお腹いっぱいになっちゃうし、時間と人生ツブレちゃうよ！

今はお手頃価格で、楽でマズくない物だけをいいかげんに続けている。

メシマズ病院

「入院診療計画書」とやらによると、術後２日目のお昼から全粥開始で、食事が半分以上食べられれば夕方には点滴終了とあったが、私の場合はやはり大きな手術だったのだろう。まだ禁食で、栄養ドリンクのみだった。

　別に食欲も無いのでかまわないのだが、他の人の食事のにおいでムッとなるし、何より食べられなければ点滴が外れない。退院が遅れる。しかも栄養ドリンクが激マズイ！

　においに敏感になっていたせいもあるが、ウソくさいカゼインや甘味料のフルーツ風味が鼻につく。たった１５０㎖ほどのパックだったが飲み切ることができず、ナースに「コレはムリ！」と訴えた。固形物がダメなら、何なら食べられるだろうと考えた。たぶんゼリー、普通の天然果汁ゼリーだと栄養が偏るから、あのＴＶＣＭでもおなじみの、ゼリー飲料ならだいじょぶだろうと思えた。アレはカロリーとかプロテインとか、それぞれ特化されているし、もちろん人工的なフレーバーだの酸味や甘味料だろうけど、さすがに大手だけあって、その塩梅が研究されていて飲みやすい。下のコンビニでも売っているので、買ってきてもいいか？　とナースに尋ねた。ナースは担当医に聞いてみると持ち帰ったが、医師からはあっさりとＯＫが出た。

　Ｅリキッドという、やはり有名大手の栄養ドリンクがある。これは病院からの処方箋が無いと購入できない。２５０㎖で２５０kcalなので、これを数缶飲めば、大人の１日の総摂取カロリーをギリギリ維持できる。食が細かった母はこれを処方され、１日に2缶ほど飲んでいた。昔、水に溶いて固めるだけのプリンの素があったが、あれに似た味だ。母にはそれに、コーヒーや紅茶を足して食事の時に出していたが、そこそこイケる。

　母がＮ医大に入院中、やはりクソマズ栄養ドリンクが出されていた。「Ｅリキッドならなんとか飲めるんですけど」とナースに訴えたが、それは院内では出せないという。おそらく食品メーカーと病院側との間の、オトナの事情があるのだろう。

　Ｅリキッドは飲むだけでなく、経鼻や胃ろうの栄養剤としても使われている。今後団塊のジジ・ババが寝たきりになれば、宣伝なんて打たなくても、ますますシェアが拡大していく。食品メーカーの思うツボだ。

　Ｍくんという男の子がいた。イヤ……全然〝子〟ではないのだが、私の中ではいつまでも10代の青年だ。

彼は今から三十数年前、当時漫画同人誌の会長をやっていた私を頼って、家出同然で故郷の熊本から出て来てしまった。とにかく泊まる所も無いので、一晩うちに泊め、住み込みの寮付きバイトを探すところから始まった。その後私の本業が忙しくなったのと、両親の衰えも見え始めてきたので同人誌を解散したため、数年間疎遠の時期があった。しかしその間に、彼は「クローン病」という難病にかかっていた。

「クローン病」は、慢性的に下痢や腹痛、下血、血便、発熱などを起こす病気だ。現総理大臣が患っていると言われる「潰瘍性大腸炎」と同様の症状だ。脂っこい食事などで大腸に負担がかかると、繰り返し潰瘍ができ、癒着を起こしたりして手術を余儀なくされる。原因は不明とされているが、若い男性に多いと言われる。Ｍくんは、ハードな仕事と面倒なのとで、カロリー補助食品とコーラだけで生きていると自慢げに言っていたが、どうもストレスと、荒れた食生活に原因があるように思えてならない。

当時は完治不可能と言われ、食事制限とステロイド剤、手術が主な治療法だった。原則固形物を食べてはいけないので、ＭくんもＥリキッドを１日４、５缶飲んでいた。しかしさすがに鼻につき飲めなくなったので、自分で鼻に管を入れ、寝ている間に鼻から栄養剤を流し込むという技を取得したという。会うのは夏の海や忘年会、お正月など大勢が集まるイベントだけだったが、調子に乗って食べすぎやしないかと、ハラハラしながら横目で見ていた。

２０００年代半ばのある年、忘年会のお知らせメールを送ったが、何の返事も無かった。

お正月の誘いにも返答が無かった。ステロイドを使い続けていたためか、ちょっと精神的にも不調をきたしていたMくんだが、さすがに異変を感じ、2月の頭に共通の友人2人と共に、Mくんのアパートを訪れた。

　大家さんに事情を説明し、玄関の扉を開けると、まず玄関近くで茶色く固まった手指が目に入った。「あちゃ〜！　こりゃもうアカンわ」と、すぐに扉を閉め警察に連絡をした。

　不良な友人どもなので、駅前の居酒屋で「葬い酒ぢゃ〜！」と飲んだくれていたが、再度警察から呼び出しがあり、「この人で確かですか？」と、遺体の写真を見せられた。まあ〜（不謹慎だが）見事な〝即身仏〟だった。造形的にも美しい。左手を軽く胸に置き、ブルーのチェックのシャツにジーンズ、サラサラの茶色がかった前髪。「へぇ〜？　Mくんてこんなにハンサムだったっけ」と思ってしまった。寒い季節でもあったし、おそらくほとんど食べられなかったが故の即身仏だったのだろう。

　間違いなく〝病死〟ということで、Mくんは司法解剖もされずに、ご家族のもとに帰された。40代半ばの死だった。

　しかしその後、葬儀や遺品整理などで熊本から訪れた妹さんに聞くと、おそらく死の2、3日前の最後のレシートが、Mドナルドのハンバーガーだったと言う。体に悪いに決まっている。でも分かるよ、食べたかったんだよね〜！

　今の私なら、腸の病気がどれだけ体力・気力を消耗するのか、また人に分からない不快や不調があるのかが理解できる。今の私の知識と精神的余裕があったなら、週イチペース位で、腸に負担のかからない食事を食べさせることができたのに……と、悔いが残る。

今回の入院で初めての食事は、術後4日目の夕方だった。治療食でもあるのだが、ここK病院の節約っぷりには驚嘆する。

たとえばブリの照り焼きだったら、「コレ、どこで売ってんだ」というサイズの推定全長30㎝。ワカシとかワラサとかいう、チビッ子ブリだろう。それがさらに半分で供される。もやしのおひたし、病院食のお決まりバナナ半分、牛乳の小パックでカロリー調整されている。しかしK病院の栄養士・調理師さんの名誉のために言っておくが、実は決してマズくはないのだ。とにかく限られた食費の中で、最大限の努力をしている。病院食なのでもちろん薄味だが、出汁やお酢をうまく使っている。初の食事に、これまで自ら禁忌としていたキノコのおひたしが出たのでドキドキだったが、圧力鍋で炊いているのだろうか、容易に繊維が噛み切れる。

驚いたのは、カレーが出てきたことだった。お子ちゃまカレーのような、まったくスパイシーでない物だったが、カレーのにおいが充満するので、たいがいの病院では敬遠していると思う（しかしコレをお粥と一緒に出すのはどうなんだ?）。

感心したのは、小芋2個にんじん1個に、1本を半分に切った小鉢のインゲンが、キチンとそろえて添えてある盛りつけだった。何千食も作っているだろうに、そこには心遣いが感じられる。

そんなに多くの病院食例を知っている訳ではないが、まず右に出るメシマズ病院は無い！と思われるのが、吉本家がヘビーにお世話になってきたN医大だ。

おそらくN医大の食事は、都立のK病院よりも、はるかに予算をかけていると思われる。しかし業者に下ごしらえまでを大量発注しているのか、バッサバサの鶏のソテーに金属臭を感じるトマトソースがけ。ダンボールを食べているようなぎせい豆腐。アゴが痛くなるまで噛んでもスジが残るホウレン草のおひたし。みそ汁にもおすましにも、出汁という概念は存在しない。二十四節気ごとに、お重に見た目キレイに盛られた御膳も出るが、丸々業者発注だろう。1週間ごとにメニュー表が渡され、3食和食か洋食かを選べるのだが、どちらの方を食べたいかではなく、どっちの方がまだマシなのか迷う始末だ。

私が大腿骨骨折で入院していた時、毎日のように仕事帰りに差し入れを持ってきてくれた近所の友人Mちゃんが、「ちょっとひと口食べさせて」と、病院食を食べてみた。Mちゃんも、かなりの食通で料理上手だ。Mちゃんは「ゔ〜ん……」と呻いた。そこへちょうど病棟の担当医が回診に来た。

何でもすぐにズケズケ言うMちゃんは、「この食事、もうちょっとどうにかならないものでしょうか？」と、担当医に尋ねた。医師は「まぁ……病院食ですからねぇ、味が薄いのは仕方ありませんよ」と答えた。「差し入れでもかまいませんので、なるべく食べてください。

傷が治りにくくなるので」と、医師は去って行った。

「違うだろ〜！　あんた食べたこと無いな？　いっぺん1日3食1週間、ここの病院食食ってみろよ〜！」と、2人同時に心の中でツッ込んでいた。

※これは実写に基づいております。

ナースの敵

治療食が始まり、これを８割方食べることができ、排便があったら退院ＯＫとのことだった。

しかし３ヶ月以上、自ら食事制限をしてきたし、まだ腸の動きが悪いので、そうそう食べられるはずがない。しかも最初から全粥がお碗一杯みっちり出てくる。元々炭水化物はあまり食べられないので、お粥はせいぜい半分だったが、おかずは８割方食べるよう努力した。しかし努力が過ぎると、すぐに〝逆流〟してくる。最初の内は、栄養ドリンクでさえ戻した。

フランケンシュタインのように縫い合わされた大腸は、ほとんど動いていない。大腸の末端は、まだ手術前と変わらず通過障害の状態なのだ。つまり高速道路で事故があったら、何十㎞も後ろまで渋滞が発生する。最後尾の方ほど状況が分からず、なんとか一般道に逃げられないかとジタバタする。それが長〜い消化管の中で起きていると想像すると納得がいく。

（前回述）Ｍくんの死因が、Ｍドナルドのハンバーガーかどうかは不明だが、戻した物が気管に詰まるとか、通過障害からくる頻脈で、心房細動を起こした可能性だってありうるのだと、今現在でも調子に乗って一気食いをしないように気を付けている（まだ時々失敗するけどね）。

同じ日に手術を受けたらしき隣のベッドのオバさまは、順調に術後2日目から治療食が出されていた。しかも3食いつも完食らしく、ナースにほめられていた。治療食は成人男性なら、5分足らずで食べられる量だが、私は健康な時でも、これを20〜30分で食べ切れるかな？　と思った。私は普段、総摂取カロリーに換算したら、高齢女性の1日分をギリギリクリアできていると思うが、それはチビチビ・ダラダラ食いでだ。丼物なんて3分の1がせいぜいだし、ごくシンプルなラーメンや冷やし中華を完食できたら、自分で自分をほめてあげたくなる。

大阪ＮＨＫの「タイトル（当時）」と言う、イラストやテロップなどの部署でバイトをしていた時、朝に天満橋の喫茶店でコーヒーを頼むと、もれなく〝モーニング〟が付いてくるので驚いた。関西にはモーニングという習慣があるのを知らなかった（京都ではそれほど普及していないように思う）。トーストとサラダ、ゆで卵が付いてくる。もうお昼は食べられない。名古屋ではモーニングに、トースト、サラダ、茶碗蒸しやお惣菜、デザートが付いてきたりするそうで、めまいがした。私は絶対に名古屋には住めない。

だいたいが飲食店の〝お通し〟という概念も嫌いだ。お通しは、チャージ料の代価として、ちょっとした小鉢などを提供し、最初の料理が出てくるまでのつなぎとする考え方だ。ほとんどが業務用の出来あいだし、たとえ店で作っていたとしても、小鉢ごとキンキンに冷蔵庫で冷やされている作り置きだ。ごくまれに、気の利いた少量のお通し3点盛りなんかが出され、「得したー！」と思う時もあるが、それはこれまでの人生で3回位しかない。

上野御徒町に、スカイツリーが間近に見える眺めの良い店があった。そこには、けっこうイケてるそば粉のガレットがあったので気に入っていたが、1年ほどすると、何だか店の雰囲気がブレてきた感じがした。その頃からお通しとして、西洋風おでん（？）、揚げパスタ、自家製野菜のピクルス3点が出されるようになった。どれもかなりしっかりした量だ。私はキレた。「お代はちゃんと払いますので、これはいりません。食べられないからもったいないので」と言うと、スタッフは店長らしき人に相談しに行った。「揚げパスタだけはお持ち帰りになれます」と言う。「そういうことじゃないんだよ～！」。こんなの食べたくないし、コレ食べたら他に何も食べられなくなっちゃうんだって！　そういう人間もいるのが分かってない。このマニュアルしか頭にない画一的対応にはア然とし、その店には二度と行かなかったが、それから間もなくツブレていた。

職業柄（私は〝道楽〟ながら飲食店もやっているので）、ヘンなところで熱くなって横道にそれたが、飲食業にしろ病院にしろ、マニュアル通りで〝個〟を見ていなければ失格だ。

乳がんの手術で入院した時、術後当夜腰が痛いのと、手術衣がゴワゴワで気持ち悪いのとで寝付けなかった。今思うとあの手術の夜はまだマトモだったんだな。今回はそんなこと考える余裕すら無かったもんね。

様子を見に来た若いナースが、「まだ寝られないんですか？」と言う。「普段は昼夜逆転生活だし、腰が痛くて」と訴えたが、ナースはあっさりスルーして、テーブルの上に積んであった『ジョジョ』を手に取り、パラパラとめくりながら「まんがお好きなんですか？」と聞く。「ええ、よく読みますよ」と答えると、「私も好きなんですよ～長い夜になりそうですね」と、去って行った。長い夜……って、ナースがそれ言う!?　なかなか衝撃的な発言だった。イヤ……しかし面白い。こういう人は〝大化け〟する可能性もある。以前に書いた救急隊員の丸逆パターンだが、「なるべく休んでください」という毒にも薬にもならない言葉ではなく、マニュアル破りをかましてきた。

マニュアル通りは、そりゃ～リスクが低い。今の発言だって、患者さんによってはムチャクチャ怒るかもしれない。ナースの仕事は本当に大変だ。マニュアルに従っていれば、自分で考えずにすむ。しかしそれでは、患者の立場になって考える想像力を失うし、本当に患者に寄り添える〝名ナース〟となる機会を自ら放棄しているようなものだ。

〝長い夜〟のナースよ、いつの日か過酷な仕事に疲弊して、その好奇心を失わないように、もしくはナースをやめて自由に生きてくれ――と、心の中で祈った。

　さて……順調に食べ進めてきた隣のベッドのオバさまだが、術後5日目になっても排便が無いと、ナースに訴えていた。私の方も、まだまだう○この気配すら無い。しかし3食しっかり食べているオバさまだ。実際にはけっこうブツは溜まっているはずだ。案の定オバさまは、深夜戻してしまった。オバさまはナースコールを押した。「ああっ！　バカだなぁ（失礼）、そんなのナースに申告するなよ」。通過障害が起きているのだから、戻すなんてまぁることだ。私だって戻したけど、トイレでだ。ゼリー飲料がベッド上で逆流した時も、自分で処理した。

　ナースが飛んできた。オバさまは誤嚥《ごえん》防止のためなのか、鼻に管をつっ込まれているようだ。「痛い痛い！　苦しい！」と騒いでいる。オバさまはナースが見に来るたびに、「苦しくて寝られないのよ！　コレ取って」と、一晩中訴え続けていた。

　言わんこっちゃない（実際には言ってないけど）。きっと「60歳過ぎた老人には、誤嚥防止のため鼻に管をつっ込むこと」なんてマニュアルがあるのだ。患者の状態を見て、それで落ち着いているようなら経過観察——という選択は無いのか？　その判断ができるナースはいないのか？

　オバさまは、翌お昼前にやっと管を抜いてもらい（もちろん朝は禁食）、「やっぱり3食全部食べちゃうからダメなんでしょうかね～」と力無く言い、「そんなことありませんよ」なんてナースに慰められていたが、丸ごとナースを信用しちゃダメだってば！　ナースは医療の専門知識はあるだろうけど、それだけだ。つまり私が絵や文をかける、その程度のスキルなのだ。まだまだ人として未熟なお嬢さんや、疲弊してマニュアル通りにしか動けない人、自分が患者より上だと思い上がってる人、色々いるのだ。患者の方も人を見て、付き合い方を考えていった方がいい。

　私は決して〝クレーマー〟ではない。ムカッときても、ほとんどの場合はにこやかにやり過ごす。しかし裏では隠密にやっちまう。〝ナースの敵〟なのだ。いつか自己判断ができなくなる時が来るだろうが、それまでは正しく〝敵〟であろうと思う。

ジュル〜。
※ウソだからね!

座敷わらしのいる病院

もう特定できちゃっているとは思うが、メシマズ病院だの、ボロボロで陰気臭いだのと、クソミソに言ってきたN医大だが、実は長年多大なるお世話になってきた。何せ50年以上の付き合いがある。父が亡くなったのもこの病院だ。母などは何十回入院したことか。良いところも悪いところも知っている。夜、正面玄関が閉まった後でも、直接本館病棟に入れる抜け道も知っていた。正に〝庭〟のような病院だった。

ヘンなシュミと思われるだろうが、私はこの病院の、ユルユルでグズグズなところが気に入っていた。面会者はスルーなので、よく泥棒もあったし、医師も〝キャラ立ち〟していた。躁鬱病だと有名な医師もいたし、あまりにもデクノボーで、つっ立っているだけでナースたちにじゃけんにされ、ど突かれまくってる医師もいた。まぁ、大学には金とコネで入れたとしても、どうやってこの人、国家試験に通ったんだろうと、不思議だった。

良くも悪くもここの医師は皆、坊っちゃん嬢ちゃんなので、権威風を吹かせても鼻でせせら笑えるし、たいがいの医師は育ちの良い〝いい人〟なのだ。

父や母の頃は、皆ナチュラルに〝謝礼〟を受け取ってたし、住所も電話番号もダダ漏れだったので、今でもお中元・お歳暮をお贈りしている先生もいる。

しかし何と言っても極めつきは、病院にお婆さんが〝住んでいた〟ことだ。

半ばホームレスなのか、1人で家にいるのが寂しいからなのか、いつも本館の玄関脇にある売店横のソファーに座っていた。小さくて小太りで、白髪をちょこんと丸髷にして頭の上に乗せている。映画「ポルターガイスト2」に出てくる、霊能者のお婆さんに似た感じだ。

お婆さんは、売店で飲み物やパンを買って食べたり、会計待ちの患者さんに話しかけたり、赤ちゃんに目を細めたりしていた。病院関係者も皆、見て見ぬふりをしていた。「腰が痛いから入院させてよ」なんて、医師をつかまえてせがんだりしていた。先生の方も適当にあしらっていた。

夕方、本館の正面玄関が閉まる時刻になると、今度は救急外来のある東館のロビーに移動する。待ち合いのソファーで寝ていることもあった。夜9時になると面会時間が終わり、いよいよ東館も閉められる。これから先は、本当に救急患者の受け入れだけとなる。さすがにお婆さんは係員にうながされ、大きな荷物を抱えてトボトボと病院を後にする。

病院に住む〝座敷わらし〟のようなお婆さんだった。私はそれをなんとなく許している、この病院の寛容さが好きだった。

N医大と吉本家はズブズブの関係なので、入院する際には有無を言わさず個室をあてがってくれてしまう。

20年以上前のことだ。父に「キミ、ちょっとコレ見てくれよ」と、股間を見せられた。なんと！　タ○キンが、桃くらいの大きさに腫れ上がっていた。私は笑いをこらえつつ、「こりゃダメだ！　病院行こう」と、翌日連れて行ったら即入院となった。父は西伊豆で溺れ死にしかかって退院した直後だったし、病院も大事を取ってのことだったのだろう。たぶん免疫力が落ちていたので、タ○キンに何らかの細菌が入ったのだ。しかし普通の個室が空いておらず、産婦人科病棟か特別室の、どちらかしか無いと言う。さすがに産婦人科にタ○キンが腫れたオヤジが入るのは、あまりにも恥ずかしいので、空きが出たらすぐに普通の個室に移してもらうという条件で、特別室にしてもらった。

特別室は、飾りガラスの開き扉を開けると、まず十数畳のロビー。ムダに広い病室には、シャンデリアのような豪華な照明。来客用と家族用の２組のテーブルとソファー。タンスほどの木製のチェストの上には大型のＴＶ。別室として２畳くらいのキッチンがあり、隣には、秘書室と思われる電話・ＦＡＸ付き、仮眠ができるほど大きなソファーがある〝控えの間〟。ここは間違いなく、政治家や芸能人、反社会的勢力団体の方々が、都合の悪い時に逃げ込む部屋だ。

タ○キンが腫れただけで、とりあえず命に別状は無いのだし、「こんな珍しいモノ一生見られないよ！」と近所の友人たちに、お見舞いにかこつけて見学に来てもらった（タ○キンじゃなくて部屋の方だよ）。１泊13万円だったが、なんとか２泊で移してもらえた。

ちなみに産婦人科病棟の方には、同じ日に糖尿病の合併症を悪化させて運ばれた、うちの隣の寺の住職が入院したそうだ。

それにしても、この病院の個室料金設定は異常に高い。

私が深夜、大腿骨を骨折した時、救急隊員に「N医大がかかりつけです。必ず受け入れてもらえますので」と、主治医の名前を告げた。そうしないと今の救急は、さんざん〝タライ回し〟のあげく、見も知らぬ遠方の残念な病院に運ばれたりする。

救急隊員は、10分ほど病院とやり取りしていたが、すんなりとN医大に搬送された。レントゲンなどの検査を終えた後、あたり前のように手首にリストバンドを付けられた。「良かったですね、個室空いていましたよ」と、ナースが言う。「３万８千円と４万２千円のどちらにしますか？」「３万８千円の方にしてください……」と、私は力無く言う。もうゲロを吐くほど知っている。４万２千円は、緑豊かな神社に面している。３万８千円は、日も当たらない、住宅街しか見えない北側の部屋だ。

この骨折は、手術・リハビリも含め、そうとうがんばっても退院までに１ヶ月近くかかる。３８０００×30＋手術費＋その他検査・治療代を計算してみよう。ひざから崩れ落ちたいところだが、それすらもできない。高額療養費制度で、かなりの額は返ってくるが、差額ベッド代は丸々自己負担だ。都立K病院では、これよりもっと広くて機能的で清潔な個室が、ここの半額程度だ。なんで無意味に高いのか訳が分からない。個室露天風呂付きの高級旅館に泊まれちゃうじゃないか。

お見舞いに来た皮肉屋の友人Mちゃんが、「ホラ見て見て窓の外！　なんて素晴らしいオーシャンビュー！」と北側の住宅街を指さしながら言う。

両親たちの時には、自分で稼いだ金なんだから、思う存分使っちまってくれと、この病院につぎ込んだが、ここの入院費だけで、豪華客船世界一周旅行を何度もできた。もしかしたら、もう1軒家が建ってたかもしれない。

それでも縁が切れないのは、本当にお世話になってきた伝説の名内科医、O竹先生と、日本の看護師界の草分け的ナース、Tさんの存在がある。このお二人については、また別の機会に書くことがあるとは思うが、O竹先生は残念ながら70代で亡くなられてしまった。Tさんは１００歳超えだが、まだ施設でお元気だ。今の若い医師もナースも、もはやお二人の存在を知らないかもしれないが、私の主治医はO竹先生から、代々引き継がれてきた先生なのだ（しかもなかなかいいキャラしてるし）。重症を疑われる人が行く〝拠点病院〟だが、血圧だのコレステロールだの、飲んでも飲まなくてもいいような薬をもらうという名目で、主治医とダベるために、定期的に通っている。

N医大は、両親が晩年の頃から少しずつ改築を進めているのは知っていたが、ある日正面玄関が封鎖され、本館の入院入口が仮玄関となっていた。主治医のいる「総合診療科」に行くと驚愕した。正に「ここはどこ!?」だった。広々とした待ち合いのロビー。呼び出しは番号で大型モニター。会計はほとんど待ち時間無しの自動支払機。涙が出た。父も母も本当に消えてしまった。両親の思い出は、この病院とは切っても切れない。あの小汚い廊下の両側に窮屈に並べられたソファーに座り、1時間以上待たされた日々。壁に頭をもたせかけると、長年沁み込んだオヤジの整髪料に、ベタッと髪が引っ付く。病院なのに空調からの換気（排気?）で、喘息を起こしていた母。両親の死後もこの待ち合いに座ると、どこか甘い悲しみに浸れたものだった。これで両親は完全に消滅してしまったのだ。

半泣きで、「いつの間にこんなことになっちゃったのぉ?」と尋ねると、保育園の園長先生みたいにかわいらしくしゃべる主治医（♂）は、「そうですね。うまいことやっちゃいましたね〜」と、事も無げに言う。その後もさらに改築は進み、元本館の玄関辺りに再び正面玄関が開かれた。玄関脇には、オープンテラスもある「スタバ」ができていた。「スタバ……うちから最寄りのスタバがN医大……」。めまいがした。

もう〝座敷わらし〟の影はどこにも無い。玄関内には、案内係の「ペッパー君」がいる。闇を排除した人間どもめ。その報いとして、これからジワジワとペッパー君に、〝悪事〟を教えてやろうかと目論んでいる。

ブラックペッパー君
悪

猫は逃げ足が早い

同じ日に手術を受けた隣のベッドのオバさまより、私は2日ほど遅れて治療食が始まったし、食べる量も少ない。しかしとにかく歩くことを心掛けた。どうもこれが、腸を動かすのに最も効果的なようだ。

2階下の売店にも、エレベーターを使わずに階段で行く。用も無いのに外来玄関まで行く。いつもと変わらぬ光景だ。会計待ちの人たち。診察券を機械に通す人。診療科の場所を尋ねる人。いつも自分は〝そちら側〟にいたのに、その感覚が思い出せない。まるで〝ゆうれい〟になってしまったみたいだ。エスカレーターで2階の外来に行き、意味もなく待ち合いのソファーの、いつもの辺りに座ってみる。きっと〝ゆうれい〟は、こんな気持ちで時々、生前にいた場所に行ってみるのだろう。

同室の宅急便のお嬢さんは、どうやら一時的にしろ人工肛門になってしまったようだ。ストマはいずれ外せるようだが、それはそれで、その後腸の動きを取り戻すまでには、時間がかかるだろう。これからがたいへんだ。何にせよ若いのに、やっかいな病気にかかってしまったのは気の毒だ。

それでも容赦なく、術後翌日にはナースに歩けと言われる。お母さんに支えられ、歩きに廊下に出たものの、すぐに戻って来てベッドに倒れ込む。「このコ、めまいがひどくて歩けないんですよ」と、お母さんは訴えている。ナースは「はぁ……」と、困った様子だ。

それは違いますぜ、お嬢さん。目が回るのは私だって同じだ。でもそこが頑張りどころなのよ。

大腸がんになって――と、あえて言いたくはない。どんな病気でも、それぞれの不調があると思うが、腸を切り取るということが、これほどダメージを受けるとは、うかつだった。〝腸は第2の脳〟なんて言われる訳だ。思考も停止する。お見舞いの人が来た10分、20分間ベッドに座っているのも、しんどかった。じゃあ、横になってればいいだろうと思われるだろうが、元々私はかなり具合が悪い時でも、元気そうに振る舞ってしまう。

退院後すぐに、遠方の友人が家に寄ってくれた。話もはずんで楽しかったが、体力の限界となり、「ゴメンネ、ちょっと横になりたいんだけど」と、〝ワガママ〟を言ってしまった。友人はすぐに察してくれて、帰ってしまったが、何だか罪悪感が残る。

しかしここは、罪悪感を感じてはいけないところだろう。

たぶん私のこの罪悪感は、常に人前では気丈で明るく振る舞っていたが、家族にはワガママ放題、弱音吐きまくりだった母親のトラウマなのだ。もちろん生来の性格の違いはあるだろうが、母を反面教師として、私は人に素直に甘えられないし、ワガママも言えない。そのトシでバカじゃん！　と思われるだろうが、もしかしたらこれが、初めての小さな一歩だったのかもしれない。

その後、道楽飲食業のお客さんにも、その人数はムリとか、私の方からドタキャンしたりも、できるようになってきた。

しかし宅急便のお嬢さん、ここは頑張ってムリするところだよ。でないと回復しない。そこは倒れそうでもやるところか、単にダレているだけなのか、その判断は微妙なところだ。それは培ってきた、自分の身体感覚を信じるしかない。

今の若い人たちの多くは、それを失ってしまっていると思う。イヤ、いいオジさんたちだって失っている。それ以前の戦争を体験した世代は、たぶん自分を守るために、獣のように生きてきた。生き延びるために非道なこともしただろう。ジッと息を潜めて隠れる時も、弱っているのに命懸けで走らねばならない時もあっただろう。

よく戦争体験を語り継がねば、なんて言うが、それはムリだ。身体感覚が伴わないんだから、きっといつか人間は忘れ去り、繰り返すだろう。

私が今かろうじて、身体感覚の片鱗なりとも保っていられるのは、猫たちと付き合ってきたからだ。それは室内飼いの〝カワイイ猫ちゃん〟ではなく、都市の野性として生きる猫たちだ。時には見捨てねばならない命もあれば、何が何でも救わねばならない場合もある。よく〝犬派・猫派〟なんて言われるが、私は犬だって大好きだ。でも外で生きる猫は、都会で生き延びる〝自然〟そのものなのだ。〝都市猫〟は、田舎でてきとーに外飼いされているのんびりノラとは比べものにならないほど過酷だ。何せ人間からも迫害される。交通事故も多い。密集しているので伝染病も蔓延する。虫だって同じだ。都会においては、蚊の1匹も許されない。

高校の同級生と、〝ムシ会〟というLINEグループを作っているが、ロサンゼルス在住の友人からは、庭にいる絶滅危惧種と言われる美しい蝶の、幼虫の写真なんかが送られてくる。うらやましい環境だ。私が送るのは、せいぜいあの忌み嫌われる、飲食店にいてはならない黒い昆虫Gの集団くらいなのが残念だ（うちには山ほどいるけどね）。

話が横道にそれたが、人間の身体そのものが本来〝自然〟なのだ。

自然に目をこらすように、自分の身体に深く潜行していけば、おのずと今やるべきこと、やってはいけないことが見えてくる。

はい〜！　ここで一斉に〝ツッ込み〟が入るのが分かる。「じゃあ何で自分のがんが、そこまでデカくなるまで放っといたんだよ！」「何で身体に悪いのに、大酒飲んでんだよ！」。

はい……すべて承知の上ですともさ。

数年前から「がんかもな？」とは感じていた。しかし親の死もあり、人間界色々事情がある訳ですよ。言い訳だと思われるだろうが（イヤ……言い訳だけど）、めんどくさい、病院キライ、そしてたとえがんだとしても、コレはギリまで放っといて大丈夫なヤツだ。という根拠の無い自信もあった。

あながちそれは、間違っていなかったとは思うが、いくら何でもここまで育てちゃダメだろ！　とは反省している。あと１ヶ月も遅れていたら、腸閉塞や腹膜炎を起こして、もっとヒドイ目に遭っていただろう。

以前にも書いたが、酒に関しては外科医はヒジョ～に甘い。内科医には「γ－ＧＴＰが高すぎます。肝硬変になりますよ！」なんて注意されるが、外科においての血液検査では、γ－ＧＴＰの数値の項目すら無い。

外科医には大酒飲みが多い。たぶん１杯ひっかけなきゃやってられないのだろう。

外科の病院勤務医は、本当に忙しい。午前から午後にかけ、手術を１、２件こなし、午後は外来患者の診察だ。見ていると外来途中でも、検査室だか病棟なのか、呼び出されて30分ほど中座する時もある。夜は病棟の回診もある。いつ食事や睡眠を取っていることか。しかも給料は決して高くない。大学病院より都立だったら、なおさらだろう。家族がいる医師は、バイトで他の病院に出張したりする。正に〝ブラック企業〟の極みだ。常に緊張感を強いられるし、１杯やらなきゃ仮眠も取れないだろう。

ここ都立K病院の外科には、手術前にちょっと1杯ひっかけてから執刀するという、水島新司の「あぶさん」みたいな、伝説の名外科医がいたが、あまりにもヤバイので、詳しくは書かないでおく。

よく歩いたことが功を奏したのか、りっぱなう○こが出た。酒も飲まないし、健康的な食事を取っていたので、何年かぶりで見る人間らしいう○こだった。回診に来た医師に、「排便ありました〜！」と報告すると、最後にお腹に残っていたドレーンをニュルルンと抜かれた。「いつでも退院できますよ」と言う。ガンちゃんの他の仕事の都合も考えて、退院は明後日に決めた。

隣のベッドのオバさまに、「勝ちましたぜ！」と、心の中で勝利宣言するが、がんというヤツは、患者の年齢、細胞の質、できた場所によっても、まったく違う。元より勝負にならないことは分かっている。オバさまの退院も、あと2、3日だろう。

宅急便のお嬢さん、甘えすぎちゃダメだよ。まだまだ若いんだし、回復力もある。ここは頑張りどころだよ。と、心の中で伝える。

翌日はたっぷり歩き、う○こを出して、1週間ぶりのお風呂に入った。時間予約制の共同風呂だが、何だかクラシックな造りで、おもむきがある。夕方来たガンちゃんに、できるだけ荷物を持って帰ってもらう。翌日ガンちゃんが来られるのは夕方だが、それを待っちゃいられないので、午前中にとっとと退院する。荷物をかついで帰ろうとすると、またナースから「あら、お１人なんですか？」をくらうが、「ええ、すぐ近所なんで」と、おさらばする。

　それにしても目が回る。家まで徒歩数分だが、とても今は荷物を持って歩けそうにないので、タクシー〝ちょい乗り〟で帰る。

　術後９日目、10泊の入院だった。この手術にしては早いと思う。よく避妊手術後に連れ帰って養生させようと思ったノラ猫も、ダッシュで逃げてしまうことがある。何たって自由がいいのよね。同じようなものだ。

　しかしそれからが、長い戦いだった。

臓物マニア

家に帰る。家猫たちは、すぐに出てくる。しかし決して甘えたりはしない。もちろんなでれば、ゴロゴロと喜びを表してくれるが、犬のように「嬉しい！　嬉しい！」と飛びつく訳ではない。帰って来たのを確認すると、またフッと各自の居場所に戻ってしまう。しかし留守中は不安で外出もせずに、いつでも玄関の気配が分かる場所から、離れなかったのが分かる。

犬のように素直に全身で喜びを表してくれるのがいいか、適度な距離を保つツンデレ感がいいかが、犬派・猫派の分かれるところだろう（私はどっちも好きだけど）。

うちには〝正式な〟家猫の他に、押し入れの中、ベッドの下、暖房の前の箱にと、そこここに、勝手に出入りして住んでいる外猫どもが、ゴロゴロしている。ヤツらからは、「なんだ、いたのかよ」という視線を向けられる。早速ヨレヨレと、エサの交換とトイレ掃除をする。目が回って休み休みだ。「私ゃおまえらの下僕かよ！」と思うが、この家は〝猫寺〟なのだ。私が１つの理念を持って、こういう形にした。これは〝ご奉仕〟なのだ。

洗濯機を回す。自分の分も猫どもが汚した物も合わせて、今日は３回は回さなければならないだろう。

ガンちゃんがやって来る。ひと通り掃除や買い物をこなしてもらった仕事上がりに、さて……何をやったでしょ〜か？

もうお分かりですよね。「ご出所おめでとうございま〜す！」と、退院祝いの乾杯をする。あたり前だが、術後初ビールだ。まず遠慮がちに、グラス３分の１程度にしてみた。ところがひと口飲むと「何じゃこりゃ？　マズイッ！」なのだ。まれに居酒屋チェーン店なんかで、発酵したような〝熟成臭〟のある生ビールが出されることがあるが、あれは回転が悪くて２、３日経過してしまったか、逆にひっきりなしの注文で、サーバーの洗浄ができていないかだ。閉店後ビールが樽に半分以上残っていたら、まずほとんどの店が、もったいないので、そのまま翌日に持ち越し、洗浄するヒマもなく樽を交換、また翌日も持ち越しする。これが熟成臭の原因となる。

今飲んだのは、ドライタイプの缶ビールなのに、その熟成臭のヒドイ味がする。１００mℓ程飲むのがやっとだった。ここで心正しい人ならば、「これはいいチャンスだ！　酒をやめよう」と考えるところだろうが、私は「これはイカン！　少しずつ酒量を増やして訓練せねば」と、心に誓う。

抗がん剤も、薬も特に出されていない。手術だけなのに、これほどの味覚変化が起きるとは、人間の身体は不思議だ。

それにしても、何という弱りっぷりだろう。30分と起き上がって動いていられず、すぐにグダーッと横になる。大腿骨骨折で、もっと長くベッド上生活だった後でも、こんな感じではなかった。単なる体力や筋力の低下だけでは説明できない。病院では一応栄養価を考えた３食が出されていたが、とても自分で食事を作る気力が出ない。

元々私は人には料理を作っても、自分のために作るのはまれだ。たいがい夕方に、買い物帰りの１杯ついでのツマミ。その後も家では、炙り明太だの、ゆで空豆だの湯葉刺しだの、酒のツマミばかりだ。夜遅くなってからインスタントラーメン半分とか、パスタやそうめん１００ｇ位などと、不健康の見本のような食生活だ。

たとえば今、「冷やし中華食べたい！」と思ったら、キュウリを細切りにする。薄焼き卵を焼いて切る。ハムは冷やし中華にはコレでなきゃ、という高級すぎず安すぎずの、適切なレベルの物。市販のスープは甘すぎるので、自分で作りたい。まぁ顆粒中華ダシは使うとして、酢・しょうゆ・砂糖をひと煮立ち。さましてからゴマ油。トッピングの紅生姜は必須だ。必ず今手元に無い食材があるし、その時間と手間を考えると断念する。

私は手抜きや時短料理が嫌いだ。おそらくこの、味に関してだけの完璧主義が（掃除や整理整頓は、いいかげんだけどね)、私の小食の一因だろう。

　退院してすぐは、飲みに出掛ける元気もなく、せいぜいカットフルーツや市販のスープ、チーズとパンをかじるだけだった。ご飯を炊くのすらめんどくさい。元々ご飯はあまり食べないし(実は若干の〝お米アレルギー〟があるようだ)、お味噌汁は欲しいところだが、ちゃんと昆布と大量の良い鰹節から出汁を取らなければ気が済まない。自分は特に偏執的でやっかいなこだわりは無い、と思っていたが、ここに来て悩まされた。心配したMちゃんが、作り置き惣菜を色々持ってきてくれたのは、ありがたかった。

　それにしても、お腹がシクシク痛み続けているのも気になる。実は退院前から痛みはあった。ドレーンを抜かれた時「イテテッ!」と思い、その後も鈍痛が続いていた。手術の後だから、痛いのは当然だ――とも思う。が、ちょっと違う。もっと〝こもった〟感じの痛みなのだ。がまんできない程ではないが、寝ていても常に気になる。

　妹のダンナが夜、自分の治療院を終えた後、毎日のように寄ってヒーリングをしてくれる。〝ついでに寄る〟ではない。朝からの施術で疲れているだろうに、都内横断の距離をわざわざ来てくれるのだ。本来の私なら遠慮してお断りするところだが、「人の身体を治したい」という彼の情熱は、私の料理や猫に対するあり方と、同質なのがよく理解できるので、ありがたく甘えさせてもらう。

　お腹の痛みを訴えると、「う〜ん、この辺ですかねぇ」と、何やら手を当てたりしている。

「ロルフィング」というもの自体がそうなのか、彼のヒーリングの特徴なのか、「ああ！　治った！」的に、その場ではさほどピンとくる訳ではない。しかし翌日くらいに「あれ？　もしかして効いているのかも」という感じなのだ。

翌朝方、左脚が冷たいのに気付いて目が覚めた。「何かこぼしたのか？　それとも漏らしたのか？」と、トイレに行って見ると、脚をダラダラと血膿が伝っていた。お腹の左下のドレーンの穴からだった。最後にニュルルンと、管を抜かれた穴だ。お風呂に行きシャワーで洗い流すと、膿はもう止まっているようだ。

しかしこのままでいいのか？　中で何かヤバイことが起きてるんじゃないのか、不安になり、K病院の外科外来に電話をすると、主治医が「今日来られるなら見ますよ」と言うので、午後に出向いた。

ニヤリな主治医はドレーンの穴を押し、「どうやら全部出ちゃってるようですね。様子を見ましょう」と、穴をちょいちょいと消毒し終了だった。外科医というのは、ものすご〜く〝雑把〟な人種なのだ。イヤ、もちろん繊細な反面があるからこそ、できる仕事なのだが、膿がなぜ、どこに溜まっていたかなんて追及しない。

これが前日の妹のダンナの、ヒーリング効果だったのかは定かではないが、とにかく痛みは消えてスッキリした。

それから2週間ほどして、退院後初の外来の診察があり、主治医から色々と説明を受けた。

病理からの詳しい組織診断によると、がんは子宮と癒着し、肉芽組織が子宮の外壁にわずかに入り込んでいるので、子宮浸潤ありだけど、内膜にまでは達していないと言う。「えええっ!?　何で？　だって前の方から便も出たし、ＣＴの時も前から造影剤が出たじゃない」と言うと、「う〜ん……何でかなぁ？」で、終了した。やっぱり〝雑把〟だ。外科医は、結果良ければすべて良し！　後を振り返らないのだ。

臓器のカラー写真も見せてもらった。切り取った臓器を持つゴム手袋の手から、〝ヨロコビ〟が伝わってくる。腸を掴んでる写真もある（失敬だなっ！　人の臓物を嬉しそうに掴むな）。

結腸の〝開き〟もある。10㎝位はあるがんだ。切った腸の長さは22㎝もあると言う。そりゃ〜ヘタレる訳だよな。「あ！　この明太子みたいなのが子宮ですね？」「そう、若い人だともっとふっくらしてるんですが（シナビてて悪かったな！）」。子宮には小さな筋腫もあったと言う（いいよ今さらそんな情報）。

「あっ！　この2つの黒っぽいのが卵巣ですね？」などと、たぶん私はヨダレを垂らさんばかりの顔で、ギラギラと喰いついていたのだろう。あきれた主治医は、「じゃあ、プリントアウトしてあげましょう」と、臓物写真をくれた。まぁ、臓器の写真なんて喜んで見る患者さんは、そうそういないだろうし、特に男性なんて、「イヤ！　見せないでください、気絶するから」なんて人もいるに違いない。

でも、どうなんだ？　コレ……もしも私の死後見られたら、かなりハズカシイ写真なんじゃないか？　何せハダカよりもさらに中身なのだ。死ぬ前には忘れず始末せねば。そのためには、脳とか心臓とかの突然死だけは避けたいものだ。

健康には気を付けよう——と、臓物写真を肴にビールを飲んだ。

シマチョウ
コブクロ

プラマイゼロ

退院後、少しずつ酒量を回復せねばと、毎日着実に増やしていった。2、3日目でビール250㎖缶1本、飲みやすい缶チューハイも織りまぜつつ、数日でビール500㎖、缶チューハイ2本程度にまで戻した。まるでアスリートのようだ（違うだろ！）。

ジャンクフードにも挑戦した。ガンちゃんに、「フレッシュネス」のハンバーガーや「王将」の餃子を買ってきてもらい、ハンバーガー半分、餃子2個を食べるところから始めた。

退院後初めての〝外食〟は、ファミレスだった。実は私はファミレスをよく利用する。何たって早飲みができる。私は買い物ついでの4時頃に1杯やって、6時前には帰り、夜は家での時間を過ごしたい。しかし徒歩やタクシーワンメーターで行ける範囲に、4時から飲める〝ただれた店〟はこの界隈では少ない。ファミレスは座席をゆったりと使えるし、気楽に本や雑誌を読みながら片手で飲み食いしていても、誰も気にしない。しかしファミレスで、私が食べられる物は限られる。野菜はほとんどが冷凍だし、すべて化学調味料満載で、外国産のバッサバサの鶏肉やら、どっから仕入れたんだ〜？　って位しょぼいホタテ貝柱やカニ肉なんかが使われている。だがハズレが無いのが、オニオングラタンスープなのだ。ヘタなレストランの物より、はるかに味が濃厚でイケる。オニオングラタンスープは、料理の中でも最上級に、時間と手間がかかる。おそらく工場で機械を使って、時間をかけて大量生産しているからこそできるのだろう。化学調味料を使っているにしろ、これだけ濃厚だと、うまくごまかせる。

　とにかく玉ねぎいっぱいだし、ちょっとでもパンとチーズが載っているので、食欲が無い時でもバランスが取れる。そして、なぜかソフトクリームが載ったコーヒーゼリーが食べたくなった。私は甘い物には、あまり食指が動かないが、ソフトクリームとコーヒーゼリーは、たまに食べたくなる。

　なので、生ビール中ジョッキとオニオングラタンスープ、とソフトクリーム載せコーヒーゼリーが、初の外食メニューとなった。店員さんは、「は？　全部一緒にお持ちしていいんですか？」と、とまどっていたが、「はい、できしだいどれからでも一緒でいいですよ」と答えた。めちゃめちゃヘンなおばさんだ。

　しかしまだまだ目が回る。退院後2週間位して、ごく少人数の気心の知れたお客さんが来るので、スーパーに買い出しに行ったのだが倒れそうになる。商品を吟味する気力も目も鈍っている。裏側の成分表示をチェックする余裕も無く、これまでの経験則だけで、適当にカゴに放り込む。人をよけたり、レジに立って並んでいることがツライ。しかしここでしゃがみ込んだら〝事故〟だ。もちろん店員さんは休ませてくれるだろうが、恥ずかしくて今後来づらくなると、必死で耐えた。きっと障害を持った人やお年寄りも、日々こんな気持ちを抱えながら生活しているのだろう。月並みだが、初めて弱い人の気持ちを本当に体感できたのは、ためになった。

　退院後1ヶ月足らずの頃に、父の全集を出している出版社のトークイベントが予定されていた。入院前の打ち合わせの時には、「だいじょぶだいじょぶ！　1ヶ月もあれば」な〜んて、お気楽だったが甘かった。

　しかし、この出版社の（相変わらずの）破壊的段取りの悪さや進行のポンコツっぷりにア然とし、何とかせねばとアドレナリン全開で乗り切ったが、その後2、3日はグッタリだった。

　トークのお相手は糸井重里さんだったが、しゃべり上手の彼が仕切ってくれたので助かった。今思い出すと、ちょうど酔っぱらってしゃべっている時の記憶のようだ。私は酔っぱらっている時でも、そこそこマトモな会話ができるのだが、すぐに下ネタが出てくる。だいじょぶだろうか。まさか下ネタ飛ばしてやしないだろうな？　と不安だったが、後に「週刊読書人」に掲載された対談内容を読むと、けっこうマトモだったのでホッとした。

8月には、毎夏恒例の西伊豆の海にも行けた。昔は父と2人、岬を越えた隣の集落から、何㎞でも泳げたのに、人工股関節も入っているし、沖の浮きイカダまでの数十mを泳ぐのがやっとだ。

整形外科医によると、人工股関節で泳ぐヤツはいない（らしい）。私の股関節の術式では、ガニ股にしたり後ろにそらすのがマズイそうだ。脱臼を起こす危険があるとのことだ。つまり座禅の脚の組み方や、タイ式マッサージとかがアウトだ。ヨガなんて、もってのほかだろう。「浅田真央ちゃんみたいに、脚を後ろに上げて頭の上で持つとか、イナバウアーなんかダメですよ（って誰ができるか！）」（こいつフィギュアマニアだな）。「平泳ぎもしないでね」とは言われていたが、長年のクセで、ついつい平泳ぎになってしまう。なるべく脚を開かないよう意識し、横向きの〝のし〟や背泳ぎで、ダラダラ泳ぐしかない。

その頃から、ヘソの下のぷくっとしたふくらみが気になっていた。実は腹腔鏡手術といえども、ヘソ下数㎝位は切開する。正に腹腔鏡を入れる穴だし、ガンちゃんと「切ったモツはどこから出すんだろ？　切り刻んで小さな穴から引きずり出すのかな」なんて話していたが、ここから出した訳だ。きっと縫い方がヘタクソで、脂肪の寄りでもできたんだろう。位に思っていた。なぜなら手術の際、腸の吻合《ふんごう》などは主治医（あるいは縫うのが得意な医師）がやるが、外側の筋膜や皮膚なんかは、もっと若手くんに任せる場合が多いからだ。

しかしそのふくらみは、段々と大きくなり、秋頃にはポコッとお腹に巨大な梨をつけている位になった。別に痛くもかゆくもないし、仰向けに寝れば平坦になる。秋の定期検診で、ニヤリな主治医にそれを見せると、「あ！　それだっちょ……脱腸、ヘルニアですよ」と言う。どこか嬉しそうだ。

正確には「術後腹壁瘢痕《ふくへきはんこん》ヘルニア」という。つまり縫ったところの筋膜が破けて、腸がはみ出てきちゃった訳だ。どうやら腹筋の弱いお年寄りや、低栄養の人によく起きるようだ（私はどちらにも当てはまる）。下腹部にできる鼠径ヘルニアは、飛び出た腸がくびれて「嵌《かん》頓《とん》」という状態になり、腸が壊死する危険性があるので、手術が必要となる場合があるが、腹壁ヘルニアは、機能的にまったく問題は起きないと主治医は言う。

しかし皮膚と脂肪のすぐ下に、生の腸があると思うとブキミだ。主治医は「まぁ、美容的な問題だけですので、ご希望があれば、いつでも手術しますよ」と言う。縫い直すかネットを入れて補強するかで、入院は3泊4日程度だそうだが、この入院嫌いが見てくれだけの問題で、わざわざ入院するか？　どうせいつもユルユルの服ばっかり着てるし、もしもシュッとした格好をしなければならない機会があったら（無いと思うが）、きついコルセットでもはきゃいいやと、当面放っておくことにした。

しかし、どうにもみっともないのだ。特に温泉。私は乳がんで片乳になった時でも、すぐに近所の温泉に行った。乳がんの人でも手術の胸を隠せる下着があり、それを着けたままで湯船に入ることができるということだが、私には隠したいというメンタルは皆無だ。最初から堂々と、タオルで隠しもせずにお風呂に入った。だって起きたことは事実で、自分の現状なんだし、帝王切開のおばさんたちだって、皆普通に入ってるじゃないの。なんで片乳を恥ずかしく思うのだろうか。

夕方よくその温泉で、5歳位の女の子を連れ2人で入ってくる、30代位のお母さんを見かけた。スッとした佇まいと場所柄からして、おそらくホステスさんと思われた。きっと母子家庭で、これから娘さんを夜間保育所に預けて仕事に出る。その前のひと時を2人でここで過ごしているのだろう。

お母さんは私の胸をチラ見すると、さりげなく自分のおっぱいを触診している。「いいぞいいぞ！　娘さんのためにも、今は病気になれないよね」。私の失われた片乳も、少しは役に立てたということだ。

だがこのヘルニアは、なんか恥ずかしいのだ。湯船に入る直前までタオルで隠したり、つい前かがみの姿勢になってしまう。気が付けばここ数年で、私は裸を見せるには、かなり〝イタイ〟おばさんになっている。片乳無く、大腿骨の傷跡、お腹の傷ポッコリ、もしかしてセルフイメージのキャパを超えてしまったのか？　イヤ、たぶんヘルニア……〝だっちょー〟がダメなのだ。

私の年代以上の人は、クラスに1人位は、鼠径ヘルニアの子がいたと思う。それは昔、栄養状態が悪くて腹筋が弱かったからだろう。クラスの悪ガキどもは、ヘルニアが何かすら分からぬまま、「あいつキン○マ腫れてんだぜ！」「やーい！　だーっちょ、だっちょ！」などとはやし立てていた。私もそれを止めることもなく、一緒に笑っていた。「だっちょー」。イヤな響きだ。これはきっとあの時の〝カルマ〟というものであろう。

ガンちゃんに「片乳無いのは平気なんだけど、このポッコリ腹見られるのはイヤなんだよね〜」と訴えると、ガンちゃんから「いいじゃん、プラマイゼロで」とのお言葉を賜った。

そうよね、何事も失ったものと同じだけ、得る（出る）ものがある訳だよね。

失ったもの
得たもの

医師の役割

うちには「馬尾神経症候群」という、脊髄の末端を損傷した、シロミという猫がいる――ということは、以前にも書いた。

自力で排泄ができないので、膀胱に溜まりっぱなしの尿は、すぐに細菌感染を起こす。週に2回動物病院で、おしっこを抜いて細菌検査をし、う○こを掘り出しに行かねばならない。それはもう14年間、休むことなく続いている。詳しくは、『それでも猫は出かけていく』（幻冬舎）に書いた。

その動物病院とは、30年以上の付き合いになる。当時その病院の看板には、「小鳥から象まで」という大げさなキャッチフレーズが添えてあったので、「フフッ！ どっかから象借りて連れてってみたいね（だいたいが、象が通れるような入口でもないし）」などと話していたが、ある時院長が、「オレはもう象なんか絶対診ねぇ！ 踏み殺されるかと思った」と言うので驚愕した。後楽園で興行中の「木下大サーカス」に呼ばれて診に行ったそうだ。

院長は、かなり理解しづらいキャラだ。はっきり言って、ひねくれ者で口が悪く乱暴な、東京の下町っ子だ（どうやら足立区出身らしい）。ＴＶドラマやドキュメンタリーに出てくる、動物や飼い主に寄り添う、心優しい獣医師とは似ても似つかない。

しかもビビリだ。自分のお母さんが骨折してＩＣＵに運ばれた時には、「ああ！　コワイコワイ、周り中全部管だらけの人ばっかなんだもん（ってな～オイ！）」。私が大腸がんの手術で入院するからと告げた時には、「よく手術なんか受けるな。オレ外科医なんて絶対信用しねー（って、あんた毎日のように動物切り刻んでるだろが！）」。

しかし根底には、（同じく足立区出身の）〝たけし〟に似た繊細さと、不器用な優しさがある。

「小鳥から象まで」というのは、ウソではない。インコを触診しただけで、「これは卵詰まりですね」とか、脚を曲げ伸ばしして「骨折はしてないようなので、止まり木を低くして様子を見てください」などと、小鳥の診断もできる。元々魚類好きなので、うちの金魚の病気の相談もよくする。お中元にいただいた活ロブスター（もちろん食用）を「ギャ～！」と思って持ち込んだら、人工海水で脱皮するまで飼っていた。伊豆でおみやげにいただいたサザエやアワビの横流しも、院長の実家で飼っていたが、「なんか少しずつ減ってると思ったら、バァさん（お母さん）が食っちまってんだよ」と言う。

爬虫類はどちらかと言うと苦手なようだが、妹が飼いきれなくなって預けたケヅメリクガメは、院内で飼われている。今では犬用の体重計2台を使っても針が振り切れるので、70kgは超えているらしい。患者の犬・猫も巨大カメにおののき騒ぐので、病院終了間際に、院内を自由に歩かせているが、私の足の親指をバナナだと思って食いつきそうになるので、確かに危ない。「もしかこいつが死んだら、どうすりゃいいんだろ。火葬とかできるのかな〜」なんて心配してるが、だいじょうぶ！　院長の方が先に死ぬから。

病院の設備は本当にショボイ。スタッフは常時2人いるが、すれ違うのもやっとな位狭い。あるのは（私が知る限り）ごく最低限の血液検査機、血球測定機、心電計、レントゲン、遠心分離機、顕微鏡程度だ。今の〝カワイイペットちゃん〟の飼い主さんたちは、この病院のドアすら目に入らずにスルーして、オシャレで小ぎれいな病院に行くだろう。しかしそれは、院長の思うツボだ。スタッフは皆ベテランだが、獣医師としてはワンオペなので、これ以上忙しくなったら死ぬからだ。もう70歳手前だろうか。身体中ボロボロだが休みも無い。時に徹夜だったり、急患で昼食の時間も無かったりする。

私が20代の頃初めて行ったのは、まったくの偶然だったが、ネットでなんかじゃなく、動物を最後まで、全力をもって看取ろうという飼い主さん（しかも院長の毒舌に耐えられる人）だけが、口コミでたどり着くのだ。

今年（２０１８年）の頭頃、シロミは「リンパ性胆管肝炎」という、原因不明の難治性疾患にかかってしまった。それも症状と、血液検査の数値だけで診断した。院長には、これまでの経験則と、それを積み重ね生かす天才的な勘がある。もしかするとリンパ腫の可能性もあるが、それはお腹を開けてみなければ分からない、と言う。CTでも撮れば、開腹せずとも分かるのだろうが、CTは動物といえども人間用なのだそうだ。2千万位はするし、だいたいがCTの機械1台で、この病院のスペースのすべてがツブレる。シロミもニャン生終盤なのだ。無理な治療はしたくない。今はステロイドの微調整で、現状を維持している。

――と、ここまで長々と獣医師のことを書いてきたが、お分かりだろうか？

獣医師の名医は、人間の名医とは比べものにならない位スゴイ――ということだ。何せ魚から象までだし（それは院長が特別なんだろうけど）、患者は〝モノ言わない〟のだ。自分の症状を説明することができない。その分飼い主さんの観察眼は、人間の〝患者力〟以上に必要となるが、お婆さんの飼い主さんなどは、「なんか具合悪いみたいなんですよ。昨日も吐きましたしねぇ」位しか言ってくれない場合がある。何時頃に何回、吐いた内容物などを伝えてくれれば、かなり役立つはずなのだが。それでも院長は診断を下す。単なる一過性の胃腸炎ならば、胃の薬を出して様子を見る。脱水がひどければ輸液を。もっと重症が疑われる時には、レントゲンや血液検査となる。

しかも内科だけではない。外科手術もかなりの腕前だ。それも内臓系だけでなく整形外科もだ（私の知る限りでは1度も失敗は無い）。おまけに眼科や耳鼻咽喉科、歯科もやらねばならない。

私は若い頃、獣医師になりたかったこともあり、30年以上興味津々で、飼い主さんやスタッフへの説明を聞いている内に、スポンジに染み込むように知識を吸収し、けっこうな医学勘を得てしまったのだと思う。

お陰さまで、次第に〝ヤブ〟がひと目で分かるようになった。

父が最後に肺炎で救急搬送された時、夜中なので救急外来には、なりたてホヤホヤの若手くんしかいない。まず脱水症状が喫緊と思われたので、「今日の夕方、Eリキッドを3分の1程度飲ませたのが最後です」と伝えると、「あんたがEリキッドを飲ませたせいで、誤嚥性肺炎になったんじゃないの?」的な言い方をする。「あのな〜数時間前に飲んだ物で、高熱を出すまでの肺炎になる訳ないだろ! 長期間歯を磨かずにいた、細菌たっぷりの唾液が原因なんだよっ!」とムカッと来たが、今はケンカを売っている余裕もない。これは〝ヤブ〟以前の問題だ。学生上がりの未熟者なので仕方ない。この先臨床を重ねていく中で、いかに成長できるかが分かれ目だ。中には本当にダメになるヤツもいるが、長年医師を続けている人は、それなりにちゃんとしている(あたり前っちゃあたり前だが)。

医師だって様々な役割が必要だ。N医大の内科主治医とは、お父さんが施設に入って、空き家になった実家のお手入れがたいへんだ、なんて話ばかりしているが、診断は確かだ。私が食後の動悸や頻脈、胸痛の相談をした時、それは心臓ではなく消化器系だと、最初に見抜いたのは、この主治医だ（まさかその遠因が、大腸がんによる通過障害だとまでは思わなかったが）。

前主治医はN医大を退職し、別のクリニックにいるので、そこにも定期的に通っている。口が悪いが、血液検査の数値のメカニズムなど、分かりやすく説明してくれる。

整形外科の主治医は、けっこう〝ニヤリ系〟な医師だ（前回〝フィギュアマニア〟と書いたが）。最低限の会話しかしないが、〝ツーカー〟なのでありがたい。

もう1人、本当の〝ホームドクター〟がいる。ご夫婦で「内科・産婦人科・小児科・皮膚科」のクリニックをやっている。昔ご両親がやっていた医院には、私が5歳の頃からお世話になっている。妹が産まれたのもこの医院だ。クラシックな和洋折衷の造りで、母と妹は庭に面した縁側のある畳の間に寝ていた。猛暑の夏だった。クーラーも無い時代で、庭には背の高いひまわりが茂っていた。今思い出すと「トトロ」の世界のようだ。

現在のクリニックの奥さん先生の方が、その長女だ。私より1歳上なので、お産で母が入院中、一緒にお風呂に入れてもらったり、下着を借りたりしていた。お姉さんのような先生だ。今は少なくなった小児科があるので、いつ行っても待ち合い室では、小さな子供たちがキャーキャー騒いでいる。クリニックの場所柄なのか、子連れの外国人のお母さんも多いが、親身になって話を聞き、懇切丁寧に説明をする。もしかして、レアな医学的症例の知識なんかは、私の方があるかも……なーんて失礼なことを思ったりもするが、このクリニックでの治療の範囲を超えると判断した時には、すぐに大病院を紹介してくれる。ちなみに私の乳がんも、ここのエコー検査でやはり怪しいとなり、都立K病院の乳腺外科に友人の医師がいるからと、紹介してもらったのだ。

それぞれの医師に、得難い役割がある。絶対に願い下げなのは、どんなに腕が良かろうが、患者を見下した思い上がった医師だ。

まぁ……こちらもいい歳なので、まだ可能性のある〝若造〟は、祖母の気持ちでカンベンしてやることにしてるけどね。

院長

タテ割り病院

さて……もうお忘れだと思うが、8月西伊豆の海に行ったりしていた時点で、私はもう1コがんを持っていた。

消化器内科での内視鏡検査の時に、「これもがんですね」と言われた1・5㎝位のヤツだ。せっかくイヤな内視鏡までこぎつけたのだ、「ついでに取っちゃいましょうよ。内視鏡で取れるヤツでしょ？」と聞いたが、取れるとは思うが、えぐるような傷になるので、奥の巨大ながんを取った時に、飛び散ったがん細胞がひっかかり、再び元気になっちゃう可能性があるので、やはり巨大がんを手術して、それが落ち着いてから、改めてやった方がいいと言われた。

その後外科外来でも、「せっかく手術するんだから、ついでにコレも取っちゃえませんか？」と聞いたが、やはりそこまで腸を切り取ると、腸の動きが悪くなるので、後に内視鏡でやった方がいいと言う。まぁ、それは納得だ。

手術から半年程過ぎた、８月半ばの外科定期検診で、そろそろ小さい方も取っていいんじゃないか、ということになった。ニヤリな主治医は、その場で院内ＰＨＳで、「今ちょっといい？」と、知り合いの消化器内科医に連絡を取ってくれた。これはありがたい。信頼のおける人の紹介で知り合った人は、ネット検索なんかより、はるかに間違いがない。それは、父・母の介護の時に身にしみている。

母は喘息と慢性閉塞性肺疾患《COPD》（タバコが悪いに決まってる）による呼吸困難で、よくスポーツ選手が酸欠の時に使う、小型酸素吸入器を常備していた。酸素ボンベはすぐ切れるので、近くの「本郷いわしや」という医療機器専門店に、買いに行っていた。その内ガンちゃんに行ってもらうようになった。私は例によって、必要最小限の会話しかしないが、お調子者のガンちゃんは、すぐにそこの支配人のおじさんと親しくなった。父の脚が悪くなり、いよいよ簡易車椅子では無理になり、ちゃんとした車椅子を購入したのもここだ。母が大腿骨を骨折し、本格的に家に手すりを設置しなければならなくなった時、介護認定を受ければ格安になるからと、「いわしや」のおじさんは、友人のケアマネージャーを紹介してくれた。この女性がまた腕利きだった。すべての手続きをやってくれ、私は書類にサインとハンコを押すだけだった。家中手すりだらけにしたが、本来は20万円位はかかるところ、実費は２万円程度ですんだ。

越境して隣の区から自転車で来てくれていた。よく大病院や区役所で紹介してもらうケアマネは、(何らかの癒着もあるのだろう)売り手市場で、いいかげんでもやっていけるのか、介護者とトラブったという話は、近所でもよく聞く。

母が要介護5(最高)と認定された時には、ケアマネさんと「やった〜!」と喜んだ(喜ぶところではないが)。これで最大限まで、介護保険のサービスを受けることができる。

深夜1時頃に、オムツ交換に来てくれるヘルパーさんもいる。さすがにそれは若い人たちだったが、お昼と夕方オムツ交換に来るヘルパーさんは、近所の介護事務所の(お婆さんに近い)おばさんたちだった。地方からの出稼ぎの人が多い。母ともお婆さん同士話が合うし、(本当はやっちゃいけないんだろうけど)故郷長野のブルーベリーをいただいたりした。中には故郷の青森に帰省中、母よりも先に突然死してしまった人もいる。

私が夕方買い物に出ている間に、父が母に何か話したいことがあったらしく、1人で階段を這い上がり、2階まで上がってしまった。しかし降りられなくなった。そこにやって来たヘルパーさんが、父を抱えて階下まで降ろしてくれたそうだ。父は「イヤ〜力持ちだなぁ」と、照れながら感心していたが、そりゃ〜おばさんといえどもプロなんだもの、コツを知っている。実はこの行為も、規則的にはやってはいけないのだ。しかし放っておける訳がない。この柔軟性は、人として当然だと思う。

ちなみに父は、介護保険などの公的援助を一切拒否してきた。そこはご本人の意志を尊重するしかないが、本来なら要介護どころか、２０００年代前半から眼と脚で、障害者認定も受けられていたはずだ。税金だって安くなる。経済的には、かなり助かっていただろう。

母は入浴サービスと、訪問医も利用することができた。入浴サービスは、２階のベッドの脇にブルーシートを敷き、組み立て式の湯船を置いて、専用の車で道路から庭、ベランダまでホースを通し、ポンプでお湯を汲み上げる。２時間ほどかかった。真夏なので、数人がかりで皆汗だくだ。恐縮してしまう位大掛かりな作業だったが、１回利用したきりだった。訪問医にも２、３回来てもらったが、最後は〝死亡確認〟となった。しかし、訪問医を頼んでいたお陰で、自宅でポックリ死しても、警察ざたで、司法解剖とならずに済んだのだ。

母が亡くなった後、「ああ……あの人たちは、もう来ないんだ」と思うと、寂しかった。よく人から、「１人でご両親を自宅で看取られたなんて、すごいですね〜！」なーんて言われたが、そんなことはありません！　私はテキトー人間です！　夕方２、３時間は「いない間に２人に何があろうが、そん時ゃそん時だ」と、腹をくくって飲みに行ったり、近所の温泉に行ったりしてたし、私は夜型もいいところで、どうせ朝まで起きてるので、午前中の数時間だけは、すべてを無視して寝ていた。

しかし自信がついた。現在介護をしている方、独居でも最後は自宅で死にたい、と思っている方々だって、公的サービスだけで、ここまでできるということを知って欲しい。

ただし、これらはすべて〝ご縁〟だったと思っている。この繋がっていくリレーの途中で本書をお買い上げいただき、誠にありがとうございました。
質問にお答えいただけたら幸いです。

◎ご購入いただいた本のタイトルをご記入ください。

『　　　　　　　　　　　　　　　　　　　　　　　』

★著者へのメッセージ、または本書のご感想をお書きください。

●本書をお求めになった動機は？

①著者が好きだから　②タイトルにひかれて　③テーマにひかれて
④カバーにひかれて　⑤帯のコピーにひかれて　⑥新聞で見て
⑦インターネットで知って　⑧売れてるから／話題だから
⑨役に立ちそうだから

生年月日　西暦　　年　　月　　日（　　歳）男・女				
ご職業	①学生	②教員・研究職	③公務員	④農林漁業
	⑤専門・技術職	⑥自由業	⑦自営業	⑧会社役員
	⑨会社員	⑩専業主夫・主婦	⑪パート・アルバイト	
	⑫無職	⑬その他（　　　　　　）		

このハガキは差出有効期間を過ぎても料金受取人払でお送りいただけます。

ご記入いただきました個人情報については、許可なく他の目的で使用することはありません。ご協力ありがとうございました。

郵 便 は が き

料金受取人払郵便

代々木局承認

6948

差出有効期間
2020年11月9日
まで

1518790

203

東京都渋谷区千駄ヶ谷4-9-7

(株) 幻冬舎

書籍編集部宛

1518790203

ご住所 〒

都・道
府・県

フリガナ

お名前

メール

インターネットでも回答を受け付けております
http://www.gentosha.co.jp/e/

裏面のご感想を広告等、書籍のPRに使わせていただく場合がございます。

幻冬舎より、著者に関する新しいお知らせ・小社および関連会社、広告主からのご案内を送付することがあります。不要の場合は右の欄にレ印をご記入ください。

不要 □

1人でも欲深い人、手抜きをするズルい人（あ！　そりゃ私か）がいたり、それを見抜けなかったり、こちらが理不尽な振るまいをしたら、成り立たない。簡単なようでいて、実は難しいのかもしれない。しかしそれは、決して不可能なことではない。とだけは、伝えておきたい。

横道にそれたが、紹介してもらった消化器内科医は、さすがにニヤリな主治医の友人だけあって、ちょっとニヤリ系だが、やはり〝日陰感〟が漂っている。どこの病院でもそうだろうが、〝花形〟は外科医だ。しかしここK病院において、その傾向は顕著に思える。N医大でももちろんそうなのだが、内科医も自由で、のびのび感があり個性的だ。N医大で、両親の最後の病棟主治医となった内科の先生は、ラーメン屋の店長か？　と思う程、小太りで〝油ギッシュ〟な人だった。父が「今夜がヤマです」と告げられた時、「もうこれ以上はいいです。よけいな延命治療はしないでください」と言うと、「あなたは強い人です！」と、チュウでもされるかと思う位、ググッと迫ってきた。母が（たぶん熱中症で）最後に入院した時、かなり回復したので、「これだけ食べてくれるのなら〝御〟の字です。退院します」と告げると、「あなたは素晴らしい人です！　そして優しい人です！」と母のベッドの向こうから、グイッと身を乗り出してきた。今度はプロポーズでもされるかと思った（ウソウソ）。

それに比べると、ここK病院の内科医は、ちょっとイジケ気味だ。まぁ、この病院は、外科手術の症例数で名を馳せているので仕方ないが、2階の明るく広々とした外科外来に比べ、内科外来は２階でも奥の方の、窓も無い場所にある。最初に乳腺外科で、腫瘍マーカーの数値が上昇した時、今度は胃がんか大腸がんが怪しいとなり、「では、内科の先生に予約を入れておきますね」と、内科の医師に（パソコン上で）予約を入れてくれた。八重洲のクリニックの内視鏡データを持って、その内科医を訪れると、データを見た後、「内科と言ってもね、私の専門は膵臓なんですよ。チッ！（という心の声が聞こえた）……ったく外科は、内科は全部一緒だと思ってる」とボヤキながら、すぐ裏にある大腸内科の医師に声を掛けに行き、紹介してくれた。

給料の差までは分からないが、ここまでの精神的格差があるとは思わなかった。

シニカルニヤリな大腸内科医の初外来の時、内視鏡手術だから日帰りか、せいぜい１泊程度だと思っていたが、３泊４日が通常コースだと言う。「え〜っ!?　せめて２泊」とゴネたが、内視鏡で取るにしては、かなり限界に近い大きさなので、外科の腹腔鏡手術の時よりも、むしろ出血する危険性があるから、治まるまでは様子を見るそうだ。３泊４日——そう言えば、脱腸のコースも３泊４日と言ってたっけ、この病院は、コースメニューなのかよ。どうせ入院するなら、ついでに脱腸もやってくれよ〜と思うが、そうはいかない。今回の入院は、消化器内科の管轄なのだ。入院病棟も、内科病棟となる。徹底した分業システムだ。しかも外科医は、相手の内科医が膵臓専門なのか大腸専門なのかも分からない程のタテ割り、都立だけあって、正にお役所仕事だ。タライ回しなんてのもあるのだろう。飛び込みで行ったら、違う科に回され、それごとに日数がかかる。重症な人は死んじまうよ。もっとも救急で入っちゃえば、あらゆる箇所の検査をいっぺんにやってもらえるのだろうが。

この専門分野に特化するという考え方には、功罪があると思う。いつもにこやかなN医大の内科主治医は、私が大腿骨骨折中に動けずにいた時、わざわざ外科病棟までやって来て、「これも、ご両親の少しゆっくり休みなさいと言ってくれた、ご計らいですよ」と、ヒラリと白衣の裾をひるがえし、かろやかに去って行った。イラッ！　とは来たが、これが本来の医療というものではないだろうか。

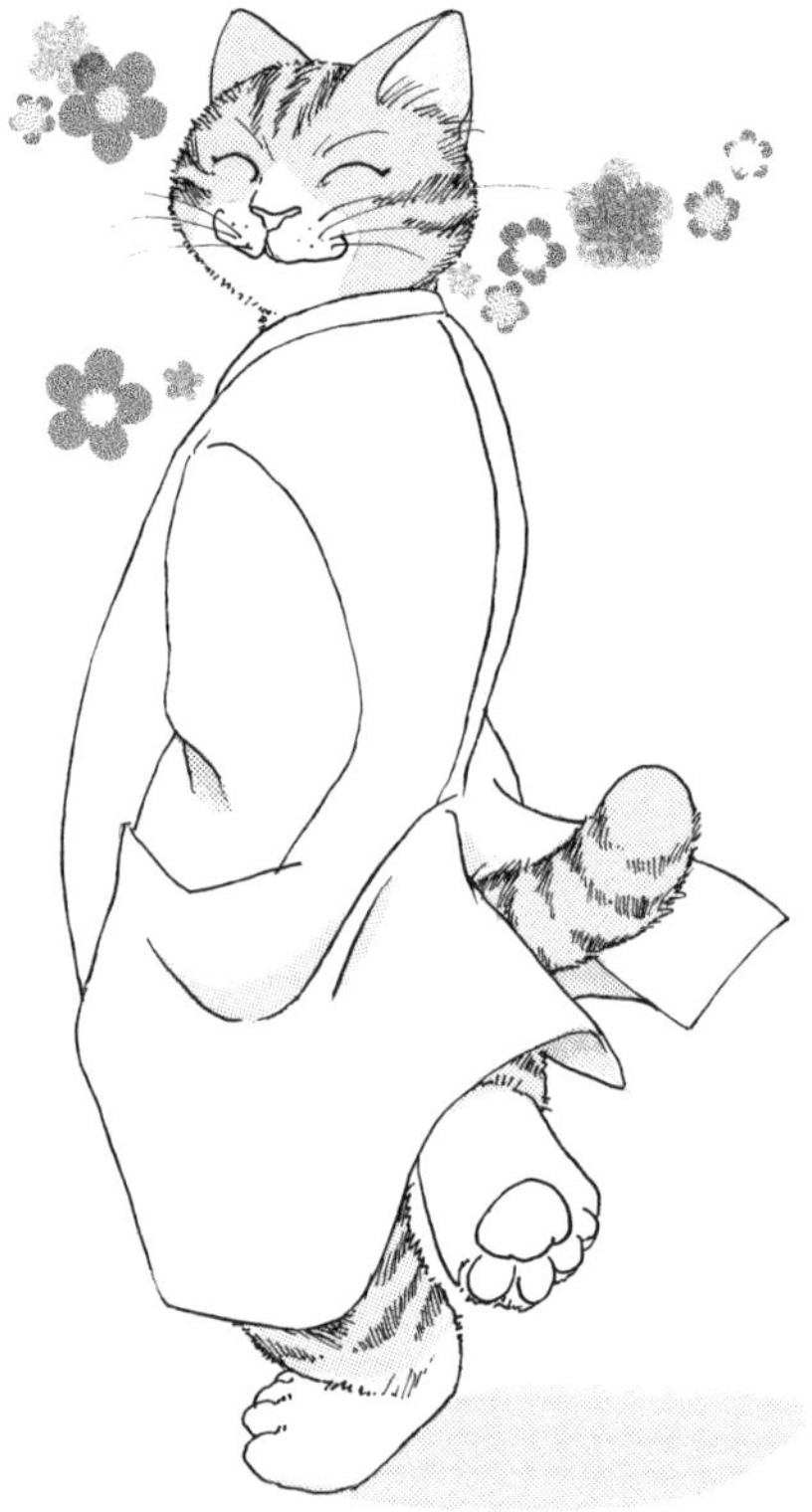

マウンティング・ナース

内視鏡手術の入院は、9月に決まった。前回の外科手術から、ちょうど半年だ。

今回は希望していた個室が、すんなり取れた。ニヤリな主治医が、直接データを送っておいてくれたこともあるだろうが、やはり内科病棟だからだろう。外科には、命の危険がある重症の患者さんがいる。他の人たちだって、メンタル的に弱ってナーバスになっている。どうしたって個室は、重症患者を優先せざるを得ない。

個室は8畳弱だろうか。ベッドサイドに床頭台（テレビ付）、小さなテーブルと椅子、ロッカーがある。小ぎれいな洗面台も、室内に付いている。他に1畳ほどを防水カーテンで仕切った、トイレとシャワースペース。ビジネスホテルと同じだ。しかし、このレベルのビジネスホテルなら、1泊6〜7千円だ。サービスが付くわけじゃないのに、なんで病院は、むやみにお高いのか。N医大に至っては、もはやボッタクリだ。私のように昼夜逆転の職業の人も多いだろうし、母は夜中の咳がひどいので迷惑がかかるからと、個室は必須条件だった。どうせ皆病人なのだ、もっとコンパクトでもいいから、ビジネスホテル価格の個室を増やすという発想は無いのだろうか。しかしこれが、病院の稼ぎどころなのだろう。どの病院も、あらためる気配は無い。

　内科病棟と言っても、外科とは同じ館で階が違うだけだが、医師やナースの質もまったく違う。内科の担当ナースは40代だろうか（病棟主任らしい）、会った瞬間ちょっとイヤな予感がした。「（持参の）お薬見せてくれます？」と言う。血圧・コレステロール・寝る前の安定剤だ。「自分で管理できるよね？」と言うので、もちろん「はい」だ。

　この時点で、ちょっとイラッときている。私はこのナースの〝タメ口〟が、すっごく嫌いだ。両親に対して使われた時も、イライラしていた。もちろん親しくなって、自然とタメ口になるのは構わない。しかし、ボケていようが、シモの世話をされようが、はるかに年上の人なのだ。敬語――とまでは言わずとも、丁寧語はタダだぞ。患者や老人を見下しているのか、ストレスのはけ口なのか、このナースの〝マウンティング〟だけは、理解できない。

　翌日に内視鏡手術を控えた入院当日、意外にも夕食まで〝検査食〟という、消化の良いレトルト食が出された。今日はまだ、下剤も飲まないでいいらしい。どうやら内視鏡検査の時のように、腸の隅々までカラッポにする必要はないようだ。

　医師から手術についての説明を受ける。

がんの下の粘膜下層に、ヒアルロン酸を注入し、がんを浮かせて電気メスで切り取るそうだ。なるほどね〜そんな手を編み出していたとは。ひと昔前なら、もっとえぐるような傷になって、回復にも時間がかかっただろう。医学の技術は、本当に日進月歩だ。

手術は前の人が押したりするので、多少ズレるかもしれないが、午後1時半頃に予定されていた。当日は朝5時から起こされて（っつーか寝てないのだが）、ナースに大量の下剤を渡される。「朝のお薬は、いつも通り飲んでください」と言う。ええっ？　それってアリなのか？　食後に飲む薬は、薬の吸収速度を抑えるとか、食べた後に飲むことに意味があるんじゃないのか？　何も食べてないのに、おかしいだろう。とは思ったが、言われた通り飲んだ。外科はその辺が柔軟（というかテキトー）だ。外科入院の時、私はすべての内服薬を忘れてきた。もちろんガンちゃんに持ってきてもらうこともできたが、飲んでも飲まなくても構わないと思っているので、放っといた。実際飲まなくても、血圧はほぼ正常値だった。外科も〝雑把〟なので、特に出されることはなかった。

またナースがやって来て「お薬飲めた？　お薬のカラを見せてくれる？」と言う。「あ！　捨てちゃった」と言うと、「カラは捨てないで見せて欲しいなー」と言う。かなりイライラしてきた。だいたいが私は、薬に〝お〟をつけるのがキライなのだ。おみかん、お便所、お大便か！　「コレです！」と、ゴミ箱ごと見せた。カラは2個ある。ナースはカラを拾うと、「あ！　コレ、コレはお昼のお薬でしょう……」。しばしの沈黙の後、「お薬全部預かります」と、回収していった。

あ〜あ……これで薬の管理もできない婆さんだと思われて、ますます見下されちゃうよ。朝・昼の薬をいっぺんに飲むクセには訳がある。私は朝は（寝てるので）食べない。ヘタすりゃ昼も食べないのだが、ジュースやフルーツくらいで、朝昼分いっぺんに飲んでしまうからだ。しかし根底には、飲まなくてもいい――が、あるのだ。

下剤を飲み始めてから8時間余り。お昼過ぎても、まだブツの気配は無い。部屋をウロウロしたり、病棟を1周しても出ない。ナースがやって来た。責めるような口調で、「まだ出ないの?」と言う。人の生理現象をとやかく言うな！「ダメですねぇ」と答えるが、私の番が迫ってるのだろうか。かなり焦っている。それなら後の人を先に回すとか、融通はきかないのか。「歩いてきてください」。そんなの百も承知だよ。ムカッときて、「私は3月に大腸を二十数cm切っていて、動きが悪いんです。自然落下なんで、出る時にしか出ません！」と言うと、「えっ、そうなんですか」と言う。むしろこっちがびっくりした。そういう情報、外科から内科に申し送りされていないのか。もちろん内科の医師は知っているのだろうが、ナースにまでは伝わっていない。どこまでタテ割りなんだ。

とにかく歩きに行く。今度は階段を降りて、1階の外科まで行ってみる。この玄関をくぐったのは、昨日のことなのに、もう別世界に感じる。そうか……私が外来で会計を待っている間も、こうしてう〇こを出すべく、歩いている人がいたのだ――と、ヘンな感慨（?）に浸っている時、いきなりキターと、外来のトイレに駆け込んだ。ナースに「出ました！」と報告すると、すぐさま連れて行かれたのは、以前内視鏡検査をした時の待ち合いだった。

検査室の1つに通されたが、手術室な感じはなく、まったく検査の時と同じ造りだ。軽い麻酔の点滴をされるが、実はコレ私にはまったく効かない。せいぜいビール1、2杯やった程度だ。モニターを見られるのが嬉しい。今回は、入口（出口？）から近い場所なので、検査の時より断然ラクだ。

腸壁に液体を注入してるので、「あ、コレがヒアルロン酸ですね？」と言うと、モニターを見ていた医師が、ギョッとした顔で振り向いた。まさか患者が、こんなギンギンに起きて、モニターをガン見してるとは思わなかったのだろう。電気メスで、少しずつがんの周囲を焼き切っていく。煙が上がる。「ホルモンですね」と言うと、医師も「ホルモンですよー」と言う。途中でもう1人先輩っぽい医師も加わり、「あ、この血管も焼いちゃって」なんて指示している。チリチリと組織が焼け焦げていく。ホルモンパーティーや〜！

切り取ったがんを「見ますか？」と、医師が見せてくれた。2㎝位のがんが、ピンで磔《はりつけ》になっている。思わず舌なめずりした。まさか外科の主治医から「この人臓物マニアだぞ」とか、聞いてやしないだろうな。

部屋に戻るが、けっこうシクシクとお腹が痛む。1時間ほどしてトイレに行くと、トロッとした出血があった。ナースから、出血があったら見せてくださいという指示があったので、トイレのナースコールを押すと、助手っぽい（准看護師？）ピンクの制服を着た、若いナースが来た。トイレの中を見せました。「あ、はい」と、ピンクナースが確認。流しました。そこへ担当ナースがやって来た。「流しちゃったの!? あ〜あ、見せて欲しかったなぁ〜」と、ため息まじりに言う。内心キレた。「あのなぁ！ このピンクナースは、ナースじゃないのかよ！ なら使うな！」この主任ナースには、一切の申告をしないと心に決めた。

その日はもちろん禁食で点滴だが、かなりお腹が痛む。若い頃の生理2日目位だ。熱も37度台後半まで上がってきた。そりゃ〜仕方ない。あれだけしこたま血管やら筋層まで、焼き固めたんだから。

実は私は、すべての薬をナースに提出した訳ではないのだ。寝られないのがツライので、安定剤の予備は残しておいたし、消炎鎮痛剤のロキソプロフェンも持っていた。この頃歯科医に通っていた。親知らずがズキズキと痛んでいたのだが、この入院で歯の治療を中断中、「痛かったらロキソプロフェン、ガンガン飲んじゃってください」と、歯科医に言われていた。「退院してからも痛むようなら、抜きますよ」と、オドされていた。親知らずは、横に寝たままほとんどが歯肉に埋没し、その横っ腹がムシ歯になっているので、治療のしようがない。痛みがひどくなったら、抜くしかないそうだ。それは歯肉をちょっと切って、歯を半分にブチ割って取り出すと言う。恐ろしい……内視鏡手術なんかより、はるかに恐ろしい。それだけは避けたい。

「これは歯のために飲むんだからね～大腸とは関係ないもんね～」と、ロキソプロフェンを飲んだ。腸のヤケドだって、同じく炎症なのだ。効かない訳がない。案の定、朝までには痛みは治まり、熱も引いていた。「痛いので、ロキソプロフェンを飲んでいいですか？」など と、ナースにお伺いを立てるほど、私はマトモな患者ではない。そんなことで入院が長引いたら、かなわない。

仕切りたがりのマウンティング・ナースは、その後も、私が動くせいで点滴が液モレしたのなんのとイチャモンをつけてきたが、一切無視した。いったいこの人は、何が面白くて、何を目指しているのだろうか？　いっそ興味が湧いてきたが、私の人生に長く係わる人ならともかく、３泊４日だ。〝御意見箱〟で、チクってやりたい欲望も湧いてきたが、それも私の役目ではない。

そういう生き方をしてたら、今に神の鉄槌が下るであろう――と、とっとと病院をズラかることにした。

1周回って珍学説

3ヶ月に1度の、大腸外科外来の診察をすっぽかしてしまった。カレンダーにしっかりと書き込んであったのに、当日スカーッと忘れてしまったのだ。2、3日してそれに気付き、なんで自分は、ここまでずさんな人間なんだろうと、あきれながら再診の予約を入れた。

半年に1度来るCT検査は、承諾のサインが必要な書類を渡されたり、アレは尻から造影剤を注入されるのだ。「ダメ！　漏れるからパッドください」と、ナースに訴えたり、念のための替えのパンツを持って行ったりと、気が重いので忘れない。今回は血液検査を受けてからの、主治医の診察だけなので、実のところ、どうでもいいと思っていたのだろう。

患者さんによっては、腫瘍マーカーの数値が上がってやしないかと、切実な思いでドキドキしながら診察に訪れるのだろうが、私は例によって、能天気に忘れる。

何度も書いてきたが、私のこのがんに対する〝雑把〟さは、未だもって自分でも説明がつかない。おそらく今、「再発しました」とか「転移してます」なんて言われても、「ええ〜っ!? またかよ! めんどくせ〜!」以上の感想は無いだろう。

父が2000年代前半、横行結腸がんの手術を受けた後も、午前中の定期検診のために、父は起きて支度をするのを面倒くさがり、こちらもイヤがる父を起こして連れて行くのが面倒なので、検診は2、3回行ったきりで、永久にすっぽかした。ドラマみたいに、「お父さんには長生きして欲しいのよ!」なんて展開は無い。薄情な娘だ。

その頃は、まだうちにシロミはいなかったし、脳腫瘍や胃がんなど、何匹かの猫の死は見てきたが、今ほどの知識も経験も無かったはずだ。ただその時も、父のがんは大丈夫なヤツだという、根拠の無い自信はあった。見つかった時には手遅れだった、というがん以外は、できたらまた取りゃいいじゃんと、〝水いぼ〟程度にしか思っていなかったのは確かだ。

父の手術の後、切り取ったがんを見せてもらった。10㎝ほど切り取られ、開きになった腸の真中に、梅干しの半切り大のコンパクトながんがあった。現在の技術だったら、間違いなく腹腔鏡手術で可能だっただろうが、十数㎝の開腹となった。

この時も私は舌なめずりをしながら、外科の医師に「写真撮っていいですか?」と、携帯でバシバシと内臓写真を撮った。医師は「あ、ああ……ハイ」と、とまどっていた。当時こんなイカれた家族には、お目にかかったことがなかったのだろう(イヤ、今だってないと思う)。

高校の同級生で、国際的に活躍する外科医と結婚して、ロサンゼルスでセレブ妻をやっている友人がいるが、夫は食事中に、手術の画像を流しながら食べるそうだ。さすがにそれはメニューによっては、かなりイヤかもしれない。

私のメンタルも、たぶん外科医に近いのだろう。

うちの獣医師も外科医的な人だ。乱暴で雑把だが、反面ビビリで繊細なところがあると思う（特に男性は）。「シロミ、こんなすげーう○こ出たぞ！」と見せられたり、シロミから出た、まだ動いている回虫のパケをおみやげにくれたりする（いらね〜よ！）。そのくせ動物が死んだり、飼い主さんに泣かれたりするのは苦手だし、堕胎した動物の胎児なんかも、あえて考えないようにしているナイーブさがあるのは分かる。

シロミが軟便で、お尻が汚れているのに、夏場お墓に遊びに行き、なかなか帰って来なかった時、お尻回りにウジが湧いたことがある。院長は「うわ〜！　ハエウジ症、何十年ぶりかで見た！　腸の中に入って食われるぞ！」と、騒いでいる。「だいじょうぶだよ！　ウジは健康な組織は食べないんだから、う○こや死んだ粘膜を食べてるんでしょ」と言ったが、必要以上におののいている。ビビリだ。

実際「マゴット療法」と言って、糖尿病などで壊死した部位に、ウジのパックを貼り付けておく治療法があるそうだ。父の足の親指が壊疽《えそ》になりかかった時、足の専門家の医師から聞いた。ウジくんは壊死した組織を食べ、さらに再生させる酵素を分泌してくれるらしい。

戦時中など、傷口にウジが湧いた場合は、放っておくのが正解だったのだ。ウジくんたちは、治療してくれていたのだ。1周回って、これが最新再生医学だとは驚いた。そしてこれが、自然界の生物多様性の役割なのだ。いらない生物はいない。

ウジパックは、役割を終えたら、ゴミ箱にポイしちゃっていいという話だったが、父の足を救ってくれたウジくんたちを捨てられるだろうか？　きっと私はパックを破って、彼等を放してやるだろう。無菌培養の、自然界には存在しなかったハエを放つ――これは生態系を乱しかねない。「マゴット療法」は、最終手段と考えていたが、幸い父の足は、Ag^+（銀イオン）入りのシートによる「密封療法」で回復した。

何が主題だったか……またムチャクチャ横道にそれたが、私ががんを必要以上に恐れない一因には、この自然の持つ力を信じていることが、あると思う（でも全然ナチュラリストでも、エコロジストでもないけどね）。

犬にも猫にもがんはあるが、圧倒的に犬の方が多い。特に歳をとったら、良性も悪性も含め、ほとんどの犬が、がんを持っているのではないだろうか。しかし本当に悪質ながんであることは少ない。どこの部位にできても、邪魔になるなら（そして体力的に耐えられるなら）、その都度取ることで、そこそこ歳相応まで生きられる。

逆に猫のがんは少なめだが、多くの場合、猫伝染性白血病（ＦｅＬＶ）由来で、白血病を発症したり、（あくまで私の印象だが）キャリアの10匹に1匹位が、進行の早いがんになるように思える。白血病の場合も、それ由来のがんも、かなり治療は難しく、ほとんどの場合、1年以内に死んでしまう。

この差って、どこで生じるのだろう？

細胞型の違いや遺伝子の差で、予め決まってしまうのではないだろうか？　それらは今、分子医学レベルで、着々と解明されていっているようだが。

これも動物と付き合っていく内に得た、根拠の無い自信の1つだ。

根拠の無い〝珍学説〟は、まだまだ発見されそうだが、専門家の方々は、スルーしておいて欲しい。

私は大酒飲みだ。しかも母は、狭い部屋の私の目の前で、死ぬまでタバコをスパスパ吸っていた。「ちょっと～私の方が先にがんで死んじゃうよ」と言うと、「ま、仕方ないわね」と、おっしゃる始末だ。受動喫煙どころの話じゃない。食生活だってメチャクチャだ。野菜もろくにとらず、酒とツマミだけで済ませちゃったりする。ズブズブのがんリスクを背負っている。お陰さまで、2度もがんをくらっている訳だが、乳がんも大腸がんも、どちらも原発性だ。つまり転移とかではなく、それぞれ個別に発生したのだ。

これはストレスに、深く起因していると思う。

ストレスと言うと、「毎日会社行くのがしんどい」とか「姑がうるさくて」なんてのを思い浮かべるだろう（もちろん、それが発端の場合も多いと思うが）。しかし本当は、ダメージを受けていても、「こんなのへっちゃらだ。自分はうまく乗り切れている」と思っている時の方が、アブナイのだと思う。

乳がんの時も大腸がんの時も、思い当たる。乳がんの時は、おそらく両親の介護だろう。「私は適当に手を抜いている。協力者だっている」と、頭では分かっていたが、20年以上の間に、〝澱《おり》〟のようにストレスは積もっていたのだろう。大腸がんの時は、両親の死だ。「自分は大丈夫だ。自由になったのだから、これから新しいことを始められる」と、頭では信じ、実際頑張っていたが、やはり介護時代も含め、これまで生きることの、すべての核となる存在をたった1年の間に失ったのだ。ダメージを受けないはずがない。

父の大腸がんの場合も思い当たる。〝オウム真理教〟問題だ。父は別に擁護した訳ではなく、なぜあの教祖は、学歴も高い若者たちをあそこまで引きつけたのか？　宗教者としての本当の価値はどうなのか？　それを論じる前に、インチキで〝絶対悪〟だと決めつけるのは、どうなのか？　と発言したばかりに、有象無象の評論家の方々に叩かれたり、「じゃあ、お前の娘が殺されたらどうするんだ？」などと、脅迫めいた手紙も送られてきたようだ。

同じ土俵に上がってきた評論家に対しては、コテンパンに発言していたが、本当に普通に、純粋に〝正義〟を信じている市井の人たちから、一斉にバッシングを受けたり、親しかった友人や読者が離れていったのには、かなりダメージを受けていたのだと思う。

「ああ〜クソ！　もう死にて〜！」ではなく、精神を病んでいて死にたいわけでもなく、「ま、この辺で人生終了〜でも、別にかまわないかな……」と、感じるような、精神の水面下でのストレス——がんは緩慢な自殺なのだ。

と、これもまた私の珍学説である。

ファーストオピニオンは？

このところ、水泳の池江璃花子選手と、タレントの堀ちえみさんが、相次いで白血病と舌がんを公表された。どちらも（失礼ながら）絶対なりたくね～！　めんどくさいがんだ。

いずれも、グダグダ考えてる猶予は無い。セカンドオピニオンなんて言っていられない。即断が必要ながんだ。

舌がん、ツライだろうな～……だいたいが私は、首から上の病気には滅法弱い。虫歯の治療が恐くて、若い頃歯医者に行く前に、ビール５００㎖缶を２本飲んで行って、バレてむちゃくちゃ怒られた。あたり前だ、口をア～ンすれば、匂いですぐ分かる。

小学生の頃は、中耳炎も常連だった。

夏休みには、いつも上石神井の伯父の家に、１週間ほど泊まりに行った。毎日のように従姉たちと、近所のプールに行くのだが、お泊まりの終盤には、必ず中耳炎になった。ズキンズキンと痛むし、耳がボカッとして聞こえなくなり、泣きたい思いだったが、夏休みの楽しい時間を手放したくなくて、家に帰る日までがまんした。家に帰ってからも、耳鼻科に行くのがイヤで、2、3日は耐えたが、ついには親に白状し、医者に連れて行かれるのが、恒例夏の思い出だ。

　鼻炎もしょっちゅうだった。耳鼻科に行くと、鼻から生理食塩水を注入し、口から出すという乱暴な治療をされた。今でも花粉症などの民間療法として流布されている。一定の効果はあるが、あくまでも症状を和らげるだけであり、シロウトがやると感染などの危険もあるという。膿盆に受けた水の中に、ドロッとした黄色い膿が浮かんでいるのを見るのは、快感でもあったが、けっこう覚悟のいる治療だった。

　眼も小学生の頃、よく結膜炎や〝ものもらい〟で、眼科にお世話になっていたが、20年程前に、重症の〝はやり目〟にかかった。角膜に潰瘍ができて激痛が走った。休日だったが耐えきれず、N医大の救急外来で眼科を訪れた。外来から付き添ってくれたナースは、「つらそうですね〜」と同情してくれていたが、後で私が座っていた椅子を消毒していた。ちょっとムカッときたが仕方ない。はやり目は、恐ろしく感染力が強いのだ。エボラ出血熱レベルだという。眼科では、眼の中にピンセットをつっ込まれ、濁った角膜の薄皮を剝がされた。心の中で「ギィヤアア〜!!（楳図かずお調で）」と叫んだ。眼帯で眼をふさぎっぱなしで、治るまでに1ヶ月以上かかったが、これをきっかけに乱視がひどくなり、2㎞先のライオンまで見える視力（ウソだからね）は失われた。以前は、アンドロメダを肉眼で見つけることができたし、白鳥座のアルビレオの二重星も確認できた（今では六重星位に見える）。どの道この歳になれば同じだろうが、当時は視力が自慢だったので、くやしかった。

　この〝首から上トラウマ〟の数々のせいか、咽頭がんも含め、首から上のがんだけは「カンベンしてくれ〜！」と、神に祈るしかない。

　シロウトなので無責任に言っちゃうが、堀ちえみさんのがんは、〝アフタ〟が見つかったのが昨年夏頃で、現在首のリンパまで転移しているというのは、ちょっと早い（もっとも舌がんてヤツの性質が皆そうなのかもしれないが）。でも、すでに手遅れでした〜という程散らばっていないので、中程度の悪質さだという印象を受ける。現在の医学なら、十分に完治する可能性がある。

　もう亡くなられたが、昔よく父のところに出入りしていた編集者に、顔の半分を口腔がんで失っている人がいた。無頼派の名編集者と称される１人であったと思う。常に目から下の顔半分を白い覆面のような物で覆っていたので、往時の編集者や作家の方などは、覚えていらっしゃるのではないだろうか。何十年も前の医療技術での手術だ。さぞかしたいへんだっただろう。それでも彼は完治していた。けっこうな酒飲みで、新宿ゴールデン街なんかにも出没していた。

　堀ちえみさんは、「このまま治療せずに人生の幕を閉じてもいいのかな」と、一時思われたそうだが、このがんばかりは、放置は絶対に耐えられない。人生終了するまでにもっとうっとうしい、ヒドイ目にあう。私でも即断で治療するだろう。彼女の場合は、治療しちゃえば、けっこう後くされの無いがんだという印象がある（根拠はありませんが）。しかしリハビリは、長くてツライだろうな～……と、心から気の毒に思う。

ちなみにこういう時、人から言われてけっこうイラッとくるのが、「大丈夫あなたなら絶対乗り越えられる」という、無責任な励ましだ（人にもよるだろうが）。私なら「じゃあそう言える科学的根拠を説明してみろよ～」なんて、イジワルなことを思っちゃうだろう。

もしも重症の病気やらケガの家族や友人がいたら、そして心から応援したいと思うのなら、「何か困ることがあったら、すぐに連絡してね」だと思う。それでも人は遠慮して、なかなか頼めないので、こちらから気軽にマメに連絡を入れる。たとえば「今デパ地下にいるんだけど、何か食べたい物ある？」のような感じで。そうしたら、アイスクリームだの、お寿司だの、ついでにタオル１枚お願い！　なんて言うことができる。あまり負担を感じさせない。

病院は、たかだか１日２日で、日常から隔離された異世界となる。「そうだ！　自分の帰る場所にはデパ地下がある！　自分のことを待っている人もいる」と、本当の意味での応援となる。あくまでも、ひねくれ者の私の経験からだけど。

白血病も、またイヤだ（どのがんだってイヤだが）。私の忌み嫌う抗がん剤を使わざるを得ない。それもガチでテッテ的にだ。しかしそれが、唯一確実に効力を発揮するのが白血病だ。今では、かなりの確率で寛解にまで、もっていけるという。池江選手も、気長に構えるしかない。これまでが丈夫で根性のある人だから、入院生活で体力も筋力も落ちていくことに、さぞかし焦るだろうが、何年か先に再び「水の中に戻れて幸せ～！」と感じた日から、また先を考えていけばいいと思う。

猫のがんの場合は、そうはいかない。これまでに2匹の猫を白血病で亡くしている。猫のがんは、ほとんどが猫伝染性白血病（ＦｅＬＶ）ウイルス由来だ。これで白血病を発症したら、まず助からない。２０００年に死んだテバという猫は、対症療法としての輸血を繰り返したが、赤血球数は1週間もしない内に落ちてくる。一時しのぎにしかすぎない、悪あがきでしかなかった。しかも血液を提供してくれた病院猫は、血を抜かれるごとにヘロヘロになるという。院長は「その代わり、うまい物食わせてやってるけどな」と言っていたが、相方の猫を苦しめてしまった。申し訳ないことをしたと、後悔が残る。

ヒメ子という猫も、２０１３年に白血病を発症した。その頃には動物の医療でも、抗がん剤が導入されるようになっていた。院長から「説明するのめんどくせーから、これ読んで」と、分厚い専門書を手渡された。専門用語が並んでいたが、どうやら猫の白血病に対して抗がん剤は、効果が低いということだった。

「ダメじゃん、あまり効かないんでしょ？」とは言ったが、何もしなければ、１ヶ月以内に死んでしまうだろう。ヒメ子は常に私の愛を求めていたのに、私はシロミにばかり目を向けて、ヒメ子は二の次だった。それはあまりにも切ない。試しに抗がん剤をやってみることにした。

抗がん剤は、週に１度を３回。１週休みで１クールだ。１回の点滴に４時間程かかる。ノラ上がりでビビリなヒメ子は、４時間も病院でおとなしくしていられず、毎回鎮静剤を使わざるを得ない。毛は抜けてきたものの、大きな副作用は見られなかったが、完治は見込めないだろうし、病院に連れて行かれるだけで、ちぢみ上がる。その身体的・精神的負担を考えて、抗がん剤は３ヶ月程で、打ち切ることにした。

ヒメ子は徐々に弱ってきて、水を飲むくらいで、ガリガリに痩せてきた。２階の押し入れの中にジッとこもっているので、死んでやしないかと、時々息をしてるのを確かめに行った。

それは本当に不思議な出来事だった。『それでも猫は出かけていく』の元となった、「猫びより」での連載の最終回を書き上げた明け方だった。私は１階のキッチンのテーブルで書いていたのだが、ふと目を上げると、目の前に動けないはずのヒメ子が座っていた。いつからそこにいたのか、音も立てずに２階から降りて来てそこにいたのだ。

私はヒメ子を抱き上げて外に出た。一緒に朝日を浴びた。大きなイチョウの樹々を渡る７月の風が心地よかった。ヒメ子を地面におろしてやった。ヒメ子が自分の脚で地上に立つのは、これが最後だろう。

父が寝所としていた客間に行き、そっとおろすと、ヒメ子はテーブルの下で横になった。

話しかけたりなでたりしながら、ヒメ子はそれから1時間ほどして、静かに息を引きとった。これほど悔い無く見送ることができた猫はいない。あのタイミングで、抗がん剤を打ち切ったのは正解だった。

こうして私は日々、猫に鍛えられている。たかが猫と侮ることなかれ。治療の功罪のバランスや、切り上げ時に関しては百戦錬磨となった。

周知のことだろうが、抗がん剤は、がん細胞と同時に正常な細胞も殺すのだ。免疫力が落ち、弱っている時にがんは発症するのだ。そりゃ～弱った正常細胞の方が、より一層死ぬだろうよ。分子標的薬なんてのもあるが、今のところあまり信用できない。

私が退院する日に、前のベッドに入って来た患者さんは、これから点滴による抗がん剤治療を始めるところだった。ナースが針を入れ、「ちょっとでも液が漏れたら、すぐ知らせてくださいね。皮膚がかぶれますから」……って、「オイ！　それダメだろ～！」。皮膚がかぶれるような薬物、体内に入れちゃ。

この先、どうしても抗がん剤が必要だという局面があったなら、とことん議論しやしょう！　放射線に置き換えられないのか、エビデンス以下の容量では意味が無いのか等々――心底私を納得させなければ、絶対にお断りだ。

いいじゃん！　自分の身体なんだもん。責任は自分が持つ。オレがファーストオピニオンだ。

地獄極楽
ツアー

キミの名は？

シロミの「リンパ性胆管肝炎」は、症状が激変する。お昼までは普通に食べていたのに、夕方私が買い物から帰ると、吐いて吐いて吐く物も無いのに明け方まで吐きまくり、あわてて病院に連れて行くと、もう肝数値は劇的に悪く、黄疸まで出ている。しかしステロイドを倍の用量に増やすと、ものの数時間で症状は治まり、すぐに食べ始める。

リンパ性の肝炎には違いないが、これだけステロイドに反応がいいことや、ステロイドに対して耐性が出てこないことから、おそらくは肝臓のリンパ腫だろうと院長は言う。「それって手術で取っちゃうことはできないの？」と聞くと、肝臓に浸潤しているので無理だそうだ。人間だったら放射線とかだろう。動物でも放射線治療ができる病院はあるのだが、たいがいが獣医科のある大学の付属病院だ。そんなとこに連れて行くだけでもストレスになる。ステロイドは、多い時には、もはや抗がん剤レベルの免疫抑制作用がある。しかし院長は肝数値が安定したら、すぐ減薬にかかる。今のところステロイドに対しては、さほどの副作用は見られないし、シロミは障害持ち（馬尾神経症候群）だし、もう歳だ。こうやって薬を増やしたり減らしたりを繰り返しながら、体力の続く限り生きるしかない。それは単なるリンパ性の肝炎なのか、肝臓の腫瘍なのか、病名が確定したところで、やる事に変わりはないのだ。

　実は私は「パニック障害」だった（らしい）。しかしその名称が付くはるか昔に発症し、勝手に自力で克服した（と思う）。

　1番最初の記憶が、小学校2年生の時だった。きっかけは不明だが、夕方なんでかハァハァしてドキドキして、居ても立っても居られず、「もう寝る」と、夕食も食べずに布団をかぶって寝てしまった。翌朝にはケロッとしていたと思う。

　次の記憶は高校3年生だ。受験も近いのに学校をサボり倒し、単位は取れてないし、数学や漢文は赤点だった。それでも私はサボり倒していた。サボって映画なんか観ていた。まったく無作為に映画館に入るのだが、そこで観てしまったのが、「メリーゴーランド」という、白血病の少年が死ぬというだけの、救いの無い映画だった。駄作なのに美少年を使って、ただただ泣かせるだけの映画だった。今の自分の先が見えない状況に、追い打ちをかけるように精神的ダメージを受けたのが、きっかけとなったのかもしれない。早々に家に帰ったが、どうしようもないハァハァドキドキが襲ってきて、部屋の中をうろつき回った。夕食頃には治まったが、その時初めて「自分は今、精神的に不安定ではあるかもしれないけれど、これは異常な状態だ」と自覚した。

大学で京都に下宿していた頃は、自転車で京都中の銭湯を巡り、山に分け入り桂川で泳ぎ、宝ヶ池でボートを漕ぎ、部屋ではひたすら投稿まんがを描くというワイルドな生活をエンジョイしていたが、下宿の友人たちが卒業を迎えて就職し、故郷へ帰りと、いつしか同期はいなくなった（私はもちろん留年していた）。

深夜2時頃、ラジオの〝オールナイトニッポン〟が終わる（当時関西では〝2部〟は放送していなかった）。ニッポン放送の終了時に、ＹＭＯの「東風」が流れる。それが終わるとシーンとなる。下宿は京都と言えども比叡山の登り口だ。本当に「シーン」という音が聞こえてくる。「ヤバイ！　〝アレ〟がやって来る」予感がする（〝予期不安〟と言うらしい）。そんな時私は迷わず部屋を飛び出し、自転車で走り回った。夜が明け朝日が昇る頃まで走り回り、ヘトヘトになって戻ると、グッスリ眠れた。

現在なら、安定剤などを処方されるのだろうが、当時は「パニック障害」などという名称も無く、精神的に不安定だったり、追い詰められていたりという、何らかのメンタル的引き金はあるのだろうが、意外にも自律神経や脳の〝誤作動〟による、フィジカルな原因であることなどは、知るよしも無かった。

しかしフィジカルな原因に、疲れ果てるまで自転車で走り回るという、フィジカルをぶつけるというやり方は、けっこう当たりだったのかもしれない。それでやり過ごしていた。

季節的に波はあるものの、そんな生活を繰り返す内に、心身共に心底疲れ果ててきた。まんが賞に入選したことをきっかけに、東京に引き揚げた。

その後も、旅行でビジネスホテルなんかに1人で泊まると〝アレ〟がやって来る。最終の新幹線も危険だ。京都から東京まで、あと20分程の横浜を過ぎた辺りは、やたら細かいトンネルが多い。〝アレ〟が来る……座席に座っていられず、車内をオリの中の虎のようにウロウロ歩き回り、デッキでハァハァしながら、東京まで過ごしたことがあった。

どうやら〝狭い閉鎖空間に1人〟というのがネックらしい。

東京に引き揚げてから京都を訪れた時、三条のビジネスホテルに泊まった。古くて息苦しいし陰気臭い。窓を開けると一面の墓地だった。私は墓地自体は別に恐くない。ずっと寺町で育ってきたのだ。墓地は遊び場だ。しかし、この墓地はアカン感じがした（京都の〝いけず霊〟だからだろうか）。どうしたら〝アレ〟に襲われずに寝られるか、しこたまビールを飲んだのはもちろんだが、ＴＶにコインを入れて、エロビデオを流してみた。フィジカルにはフィジカルだ。「アア～ン！　ダメもうイク～！」という音声に包まれて、お陰さまで眠れたが、翌朝チェックアウトの時、「あ、冷蔵庫とビデオをお使いですね」と言われて、めまいがした。逃げるようにホテルを出た。部屋で３００円を入れればそれで済むものだと思っていたのに、フロントにまで伝わっていたとは……女1人旅で深夜にエロビデオ。人生最大の恥ずかしい体験となった。

　それから後は、新人まんが家として、持ち上げられたりボツになったり、打ち切られたり持ち込みをしたりと、考える間も無く過ごしていたせいか、大きな発作が起きたかどうか、さほどの印象は無い。転機は10年後の、１９９０年12月にやって来た。

　ミロという名の、かわいがっていた猫が死んだ。それも自動車に轢かれてだ。死体は夜、犬の散歩がてらうちに来る途中の妹が見付けた。９歳の賢いミケ猫だった。予感はあった。ミロはいつも通り勝手口で、外に出せと要求した。ドアを開けたが、「寒いから、やめた方がいいんじゃないの？」と、１度は閉めた。しかしミロは、まだドアの前で動かずにいた。仕方なく開けてやると、ミロはヒョイと出て行った。よく繰り返される光景なのに、その日の事は、やけにはっきりと覚えている。たぶんこの時に、運命は決まっていたのだろう。

　病気などで、覚悟の上で見送るのと、今の今まで元気でそこにいたのを突然失うのとでは、こんなにも違うのかと思い知らされた。交通事故や事件、震災などで、いきなり理不尽に子供を奪われた親御さんの気持ちが、よく分かるようになった。

　その日からのことは、悲しいとか喪失感とかでは説明できない。記憶さえも飛んでいる。たかが、〝猫1匹の死〟ではない。ちょうど人生の何らかのタイミングだったのかもしれない。昼も夜も関係なく、間断なく〝アレ〟が襲ってきた。

　母にとっても大切な猫だったので、２人で気晴らしに、デパートなんかを歩き回った。それでも人前でダラダラと泣いてしまうので、「黒っぽい服を着よう」ということにした。そうすれば世間の人は、親族を亡くしたばかりの、気の毒な人たちなんだなぁと、思ってくれる。

夜中寝ていても、2、3時間で、バン！　と眠りからはじき出されるように覚醒する。やり方は心得ていたので、私は深夜でも明け方でも自転車に乗って走り回り、深夜喫茶やファミレスで過ごした。

ミロの死から1ヶ月程たった夜、有楽町の居酒屋で、母とグダグダと泣きながら飲んでいた時、いきなり母が「私たち逃げてばかりいるんじゃない？」と言った。まったくもってありふれた言葉だ。誰にだって言える。しかしそれは、何かの呪文のように腑に落ちた。きっと〝時が満ちた〟のだろう。その日から泣かなくなった。〝アレ〟が来そうになっても、右から左に流すことができた。

〝アレ〟というヤツは、どんなに毎日朝から晩まで襲われようが、絶対に死なない。いっそ狂った方がマシと思っても狂わないのだ。私はこの時、一生分の「パニック障害」を放出してしまったのだろう。

すべてをミロが持って行ってくれたのだ。両親が亡くなった時、ちょっと危ないと思っても、〝アレ〟をやり過ごせた。しかし、涙までも涸れ果ててしまったのか、私は泣けない〝非道な女〟となった。

「パニック障害」という名称が使われ始めたのは、ミロが死んでから10年程たった頃だったと思う。「オイオイ、それって〝アレ〟の事じゃん！」と驚いたが、名前を知ったところで、やり過ごし方に変わりは無かっただろう。むしろ名前が付いた方が（性格にもよるのだろうが）、過剰に大事を取り、行動を狭めてしまったと思う。

今では何にでも名前を付けてくれる。「発達障害」だの「ＡＤＨＤ」だの。もちろん名前を付けてもらって、楽になる人は、それで良いと思う。しかし、やるべき事は決まっているのだ。ちょっと生きづらい自分をコントロールしながら、本能を信じて生き抜くしかない。

名前を付けるなら、父方も母方もうちの親戚筋は、〝総合商社〟だ。まず父はどう考えても「高機能自閉症」だ。「ＡＤＨＤ」や「自閉症スペクトラム」は複数名いるし、「統合失調症」や「境界性パーソナリティ障害」「サヴァン症候群」までイッちゃってるかな？　という天才っぽい子もいる。妹だって私だって、マトモとは言えない。そもそもマトモって何なんだ？

私はミロの事故死を境に、「ＰＴＳＤ（とやら）」によって〝音〟がダメになった。自ら進んで音楽を聴くことができなくなった。

正直〝名前〟は、うんざりだ。皆〝獣道〟を行け！

ADHD
アスペルガー症候群

現場至上主義

もうお気付きだと思うが、今のところこの連載は、私自身のがんの話から離れてしまっている。最初から編集部には、単なる〝闘病記〟ではなく、猫や両親の老いや死ともからめて、生命と医療について書くつもりだと、宣言してある。

私がかなりの重症の大腸がんだと（おそらくうちの妹から伝えられたであろう）会社のおエライさんＩ原氏が、私ごときに直々高級シャンパンを持って、連載を依頼にやって来た。がん闘病記を書いていて、途中で死んだらもうけもん――とでも思ってやがっただろ？　そうは問屋が卸さないのよ（お高いシャンパンは、西伊豆に持ってって、スーパーで買ったつまみを肴に、皆でプラカップで飲んじゃったもんね）。

がんのことだから、いつ再発するやも分からないし、また珍しい体験でもしたら、リアル闘病ネタを書くことになるが、しばらくは医療についての、独自すぎる見解を書いていきたいと思う。

　私は猫と両親の病気と医療に、どっぷり付き合ってきた。しかも本来好きなものだから、ギンギンに興味を持って知識を吸収してきた。それもネットなんかではなく、体験と実践、観察と感じることでだ。私は偏りながらも統合的な、医療への知識と経験と目線を持ってしまった、たぐいまれなるシロウトだと思う。これは医療に疑問を持ったことのあるシロウトの方々に、分かりやすく伝えることができるのではないかと、以前から目論んでいたことだ。何度も言うが、医療関係者の方々は、スルーしておいていただきたいし、ちょっと乱暴すぎるので、良い子は決してマネをしない方が無難だ——とは思う。

　ただ、もう「お医者様にお任せします」は、やめましょう。医者は専門知識を持っているだけで、シロウトと同じ割合だけの〝バカ〟がいるのだ。こいつアスペルガーだな、と思うような個性的な人。幼い頃に何か心に傷でも負ってるんかい！　と思うような、ひねくれた人もいる。無邪気すぎて、フライングが多かったりする人など、様々な人間がいるのだ。もしもあなたが、会社や学校で人を指導する立場だったり、その道数十年の職人だったとしたら、その目線で医者を見て欲しい。

　私は〝セカンドオピニオン〟というやつに、さほどの意味は無いと思っている。今は、よほど特殊な（お高い）先端医療を行っている病院以外の大病院は、ほぼほぼ同レベルだからだ。それよりあなたが、これまでの人生経験から得た疑問をとことんぶつけて、医師と議論した方がいい（あくまでも、モンスターペイシェントにならないようにね）。もしもその医師が、恫喝《どうかつ》してくるようなバカだったり、使いモノにならないような若造で、それに対して堂々と対応し、この患者は手に余ると判断されたら、必ずその上の医師が出てくるはずだ。

大腿骨骨折でN医大に入院した時、手術後しばらくは、寝ている間両脚の間に〝三角枕〟を入れて、ベルトで固定された。ヘンな寝相をして、脱臼するのを防ぐためだ。これが実にうっとうしい。安眠はできないし（だいたいが私は夜寝てないし）、術後数日間ならまだしも、リハビリをして自力で歩けるようになるまで、ずっと装着するのがマニュアルらしい。私の場合、ガニ股にすると脱臼しやすい術式だそうだが、その程度で簡単に外れるようなチャチイ人工股関節で、どーする!?　お定まりのリスクヘッジに決まっている。私は勝手に外して脇にのけてたが、ナースに見付かれば注意される。ある日ひと悶着となった。「あのねえ！　私はただでさえ熟睡できないのに、コレ着けてっと寝らんないの。ちょっと横を向いて、冷蔵庫の中の飲み物を取る気力も失くすでしょ？　お年寄りだったら、寝たきり製造機みたいなもんだよ！」とやらかしてしまった。若いナースだったので、その場は引き下がったが、後で3人位のナースが連れ立ってやって来た。「先生は来ましたか？」と言う。さっき主治医の回診はあったので、「ええ、いらっしゃいましたよ」と言うと、「それ（三角枕）について言われました？」「いえ別に」と答えると、「S先生（病棟担当）ですよ」と言う。そうか、ナースめチクりやがったな。思わず「ハッ！　あの若造かよ」という（お下劣な）

言葉が、口をついて出てしまった。

するとナースたちの間から、「ふふ……若造、若造……」と失笑が湧いた。あらら〜皆、内心そう思ってたのね——と、急にナースたちが気の毒になってしまった。「分かりました。現場のあなた方を困らせても仕方ありませんので」と、ナースに従った（その場ではね）。

眠れずに夜が明けてくる。4時、もう早い人はトイレなんかに向かっている音がする。もう朝だよね。「就寝タイム終了〜！」と、三角枕を外し、ソファーの上にバーン！　とフリースローする。1時間位してやって来たナースが、「あら、外してもらったんですか？」「ええ、つい先ほど来た方に（ニコッ）」と……私は、ひじょ〜に悪質な患者なのだ。

父に『老いの超え方』という著書がある。それの文庫化のお願いに、インタビュアーでもあった女性編集者2人が、うちを訪れた。2人は、ガチガチに引きつった顔で、心細げに私に会釈して客間に入っていったが、帰る時にはホッとしたような笑顔で、何度も父にお礼を言って帰って行った。「何だろ……？」とは思っていた。後に知ったことだが、父の初版本には、〝被差別部落問題〟について（それも批判的に）書かれてある箇所があったらしい。その部分を文庫化するにあたって、削っても良いか（何たってあの天下のA新聞出版だからね）というお願いに、彼女たちはやって来たのだ。場合によっては父に怒鳴られ、「文庫化はナシだ！」とでも言われる想定で来たのだろう。それを父はあっさりと、「いいですよー」とOKしたらしい。

父が西伊豆で溺れ死にしかけた後、「電波少年」で、タレントの松本明子さんが、〝水に対する恐怖心は残っていないのか？〟というお題目で、アポ無しでやって来た時も、父は洗面器の水にブクブクと顔をつけていた。実はこの時、私と母は買い物に出掛けていた。後で偶然オンエアを観て、のけぞった。父からは、何も聞かされていなかったのだ。「いやぁ〜現場の芸人さんは、たいへんだな〜と思ってさ」と、あくまで現場に立つ人を大切にした。

これは父の家が職人だったからだろう。どんなに経営側や顧客がムチャ振りをしようと、苦労するのは現場だし、職人が動かなければ、何一つモノは作り出せないのを肌で知っている。この「現場で働く人を困らせてはいけない」という考え方は、父の〝門前の小僧〟をやっている内に身についた。

また話が横道にそれたが、N医大のナースは、なんか人間らしいのだ。いきなり「シャンプーしましょうか？」なんて来る。別に何日に1度なんて決まっていない。

母が入院中、夕食後の薬を一向に持って来ない。食後1時間以上が過ぎ、さすがにもう〝食後〟じゃなかろうと、ナースコールを押して頼むと、さらに30分位遅れて、寝る前の薬まで一緒に持って来たりする。「身体拭きましょうか？」も「歯磨きましょうか？」も、まったく担当のナースの手の空き次第に見える。いいかげんか潔癖かも、担当ナースのキャラ次第によって違う。しかしこれってユルユルだが、けっこう合理的なのではないだろうか。ナースの仕事は本当に忙しい。だからこそサービス的業務は、時間が空いた時に、やれる人がやればいいし、ムリなら身を削ってまでやる必要はない。「そんなのたまったもんじゃない！」と、憤られる方もいるだろうが、それが看護や介護が長続きするコツだ（もちろん功罪あるだろうが）。

そんなN医大のナースのホスピタリティの礎を作ったとも言える人がTさんだ。父も「ひそかに無形文化財のようにおもっている」と評していた元祖ナースだ。昨年（２０１７年）１０１歳で亡くなられたが、エラぶったところはまったく無い。私が会った頃には、現役は退かれていたが、その教え子たちが、すでに看護師長級だった。

N医大は、独自に看護学校を有していた。平成11年にその幕を閉じるまで、大正10年に設立された初期の頃から、Tさんは関わっておられたのだ。うちの家族が急病になると、Tさんは必ず付き添ってくれた。近年になると、Tさんを知っているナースもいなくなり、単なるお婆さんだと思われていた。Tさんは決して「そのやり方はダメでしょう！」とも「その態度は何？」とも言ったことは無い。ただ静かに見守っていた（ホントは一番コワイんだけどね）。

Tさんの妹さんが地元栃木の病院に肺炎で入院した時、その病院のナースが、痰の吸引を怠ったことが原因で亡くなった。うちの家族は皆、「それは明らかに医療過誤じゃないですか！」と憤慨したが、Tさんは何ら意見を言うことはなかった。その分だけ、胸の内には悲しみや、無念が渦巻いていたのだと思う。それでもTさんは、多くを語らなかった。看護の現場では、運や情況によってそれは起こりうるのだと、一番知っているのはＴさんだった。

担当ナースが疲れきって、ふと、２、３分居眠りをしてたかもしれない。大量に漏らして、シーツまで替えなきゃならない患者に、時間を取られていたのかもしれない。ご老人が立ち上がって転倒し、緊急の検査に連れて行かねばならなかったのかもしれない。ナースの現場を知り尽くしているからこその、沈黙だったのだろう。

うちの父親は肺炎で入院したが、実際の死因は多剤耐性菌感染症（ＭＲＳＡ）だった。つまりは院内感染だ。

かなり回復してきたので、明日から少しずつ口から食べさせてみましょう。という話を主治医としていた矢先に、再び高熱が出た。同時期にＮ医大の集中治療室で、十数名のＭＲＳＡ患者が出ていたと、後に知った。「これは集団感染ですよ！　集団訴訟に持ってけますよ」と言う人もいたが、Ｔさんだったら、父だったら、それを望むだろうか。

今でこそピカピカの病院になったが、当時は小汚い病院だった。菌はどこにでもいる。自分だってやりはしないだろうか？　肉を触った手をチャチャッと流した程度で、冷蔵庫から野菜を取り出すなんて、ザラにある（うちに来るお客さんたち、腹は丈夫にしといてね）。

現場は紙一重のところで動いているのだ。弱っている者に、とばっちりが来ただけだ。寛容に過ぎるのかもしれない。しかしこれが、Ｔさんや父から学んだことだ。

このようなプレイにも
使えます
三角枕

N医大の黄門様

おそらく私は、民間人として緊急車両乗車距離、日本一だと思う。もしかしたら、ギネスにも申請できるかもしれない。

別に、救急車をタクシー代わりに呼ぶような、モンスターじゃないからね。父母が（自分も含め）合計7回ほど救急車のお世話になったが、いずれも大腿骨骨折をした母を2階から運び下ろせなかったり、父はどの場合も、ほぼ意識不明だ。私だって（前述したが）大腿骨の頸部を骨折したら、本当に這うことすらできない。救急車は致し方ない。

しかし最も走行距離を稼いでくれたのが、96年父が西伊豆で溺れた時に、西伊豆から東京まで父を搬送してくれた、N医大のドクターカーだ。ドクターカーはN医大の所属といえども、まったく（見た目も）通常の救急車扱いなのだ。つまり交差点ではサイレンを鳴らして赤信号を突破できるし、車が詰まっていれば、反対車線を走行することもできる（この場合のサイレンは、ピーポーからウ～ウ～に切り替える）。

（父が溺れた時、意識不明だった父をライフセーバーが、近くのクリニックまで運び、そこで気管挿管などの処置をした後、そのままさらに20㎞ほど南にある、西伊豆としては規模の大きな病院に搬送してくれた。これ以上はない適切な処置だったと思う。私たち家族が病院に到着した頃には、おぼろげながらも父の意識は戻っていた。

その病院は、小規模だが清潔で、ＩＣＵや手術室など、一応の設備は整っている。どの位時間がかかるかは不明だが、父の体力が回復してから、誰かに車を出してもらって、東京まで帰るしかないだろうなと、当然ながら思っていた。

するとすぐさま、Ｎ医大の父の主治医Ｏ竹先生から連絡が入った。Ｎ医大がドクターカーを出すので、それで早い内に父をＮ医大まで搬送するという。Ｏ竹先生は、「私はその辺の病院の医療レベルをよく知っていますので」と言う。実はＯ竹先生は、週に１日東京のＮ医大から、この病院まで出張して来ているのだ。

Ｏ竹先生が、この病院で診ていた心臓病の娘さんは、Ｎ医大で手術を受けた方がいいと判断され入院していたが、その時母と一緒の病室になり、よく知る西伊豆の話で盛り上がった。それがご縁で毎夏うちが西伊豆土肥《とい》を訪れるごとに、彼女のご実家におみやげを持って会いに行ったり、逆に娘さん一家とお母さんが宿を訪れてくれたりして、交流が続いた。

海のそばの国道に近い、田んぼや野っ原に囲まれた病院だが、地域の人たちの拠り所となっていたのだろう（だって周囲20㎞近く、病院らしい病院は無いし）。そんなにも地方と東京の医療格差があるのかと、ちょっとショックだった。

西伊豆の病院にドクターカーが到着した。見た目モロ救急車なので、びっくりした。ちょうどお昼時だったので、東京に出発する前に、まずは腹ごしらえをしようと、海辺に建つホテルのレストランに入った。O竹先生と母と私と、救急隊員2名だ。正確にはN医大所属なので、公務員の救急隊員ではないが、まったく救急隊員と同じ資格を持っている。救急隊の人たちも父の様子を見て、緊急性のある状態ではないと判断して安心したのだろう。カレーを食べている。目の前には青い海と青い夏空が広がっている。救急の人に「どうです、ビール1杯飲みますか？」「イヤイヤ、それをやったら帰ると椅子がありませんよ」なんて冗談を飛ばし、なごやかな雰囲気で、しばしくつろいだ。

病院を出発してからは、サイレン鳴らしっ放しだ（何せ患者搬送中の救急車だもんね）。平野部を抜け大沢温泉の先からは、山間部の峠道に入る。東伊豆への横断コースの中でも、バイパスなどが完備されていない、蛇行を繰り返す、かなり過酷な山道だ。

救急車って、患者を優しく運ぶイメージがあるでしょう？　でも実はサスペンションゼロに等しいのだ。患者はベルトでストレッチャーに固定されているので落ちることはないが、平行に据え付けてある付き添い人の座席は地獄だ。幅は30㎝ちょい、申し訳程度の厚さのクッション。蛇行するたびに転げ落ちそうになるので、力を入れて耐えねばならない。あまりの振り回されっぷりにゲロを吐きそうになる。サイレンの音がまたそれに拍車をかけてくれる。史上最悪のアトラクションだ。まさか毎回このルートを使っている訳ではなかろうが、週に1度西伊豆まで通われているO竹先生は、本当にタフだなぁ……と感心した。

峠を抜けると、河津桜で有名な河津町辺りに出る。この先は東海岸を北上する訳だ。ハイシーズンなので東伊豆は、どの海岸も〝芋洗い〟状態だ。交通の便が悪い西海岸と違い、伊豆の東海岸には鉄道が通っている。海沿いの国道も、上り下り共に大渋滞だ。ここでこそ緊急車両は威力を発揮する。サイレンを鳴らし車を脇によけさせ、その間を縫うように進む。どうしても詰まって動けない所は、ゥ〜を鳴らし、反対車線を走行する。高速に入ってからも混雑具合によって、高速だろうが一般道だろうが行き来自由で、サイレンを鳴らし赤信号も逆走も、やりたい放題だ。さほどの重症患者でもないのに申し訳ない気もしたが、これはカイカンだった。正に水戸黄門の印籠だ。

結局N医大までは、ハイシーズンにもかかわらず、3時間ちょいで到着した。夕方には父は病室に落ち着いた。首や肩がバキバキにこって、ひどい頭痛がしたが、得がたい貴重な体験だった。

O竹先生と我家との出会いは、たぶんまだ私が学生で京都にいた頃だと思う。父は30代から糖尿病を患っていたが、暴飲暴食（〝飲〟はジュースやコーラね）があまりにもヒドくなり、困った母が（前回述の）Tさんに相談したのが始まりだと思う。父は駅のホームで新幹線を待っている間にも、売店で板チョコを買って、１人でバリバリと食べてしまう程だったという。それで母と父は、しょっちゅう壮絶なケンカになっていたようだ（あ〜ホントにいなくて良かった）。

Ｔさんは最初、当時Ｎ医大にあった「老人科」を紹介した。しかしそこの先生は、頭ごなしに「あんた、こんなことやってると、数年以内に腎臓透析になって死ぬぞ！」と、やらかしてくれたらしい。もちろん父は、「２度と行くもんか！」となる。そこでＴさんは、「内科」でも１番優しいＯ竹先生を紹介してくれた。Ｏ竹先生は、「いいですよ。少しずつ努力していきましょう。血糖値高めの人は、急激に下げるのも良くないんですよ」と、言ってくれた。父はＯ竹先生を気に入り、信頼するようになった。

Ｏ竹先生は笑うと顔中にシワが寄り、東野英治郎さんの水戸黄門のような印象になる。先生の家は、うちから大通りをまたいだすぐ向こう、徒歩数分もかからないので、母が夜呼吸困難になった時などは駆け付けて、照明から気管支拡張剤の袋をぶら下げ、点滴をしてくれた。先生は妹の作家としての活躍も、たいへん喜んでくれていた。ちょっとミーハーっ気もある、チャーミングな先生だった。

Ｏ竹先生は、決して患者の前には出ない。父は相変わらず散歩がてらに、コロッケの買い食いや隠れ天丼なんかやってるので、空腹時血糖値は２００㎎以上あった（１１０以下が正常値だとされる）。血液検査の２、３日前から〝にわか節制〟をして、ギリギリ２００を切るまでに落としていたが、もちろん先生は、すべてお見通しだっただろう。それでも先生は、「下げられる内はいいんですよ。また頑張っていきましょう」位しか言わなかった。母やＴさんは、「Ｏ竹先生は甘すぎる」と怒っていたが、父だって悪いコトは百も承知に決まっている。勉強をサボってばかりいる子供は、いつだって自分を責めているのだ。それを「勉強しなきゃ、落第だぞ！」と言われれば反発するが、「頑張ってるね。この調子で続けてこうね」と言われれば、罪悪感に火がつく。オトナだって、もうちょっと本気で節制せねばと、反省する。うまいやり方だったと思う。

　西伊豆の件から1年を過ぎた頃だっただろうか。Ｏ竹先生に胃がんが見つかった。しかし手術を受けて、完全復帰された。

　母と近所の商業施設の中華店で食事中、外をご家族と歩くＯ竹先生が通った。どこのお店に入ろうか、選択中だったところだろう。母は喘息でＣＯＰＤなのに、タバコをスパスパやりながらビールを飲んでいた。さすがにバツが悪く、見付からないよう身を縮めた。その位お元気だったのに、がんはＯ竹先生の肝臓に転移していたのだ。

　それでもＯ竹先生は、必ず復活すると信じていた。しかしその内、奥様から、腹水が溜まっているなど、かなり深刻な病状であることは伺っていた。ある日奥様から、もうかなり危篤状態で、今夜あたりがヤマかもしれないという連絡があった。父母と共に病院に駆け付け、お目にかかることはできないかと尋ねると、「ちょっとだけなら」と、奥様からＯＫが出た。

O竹先生は見る影もなく痩せこけ、土気色の顔で横たわっていた。ベッドの周りには、大勢の医師たちが集まっていた。いかにO竹先生が皆に尊敬され、愛されていたかがうかがい知れた。

父が「O竹先生」と呼びかけると、先生は声を振り絞るように「残念です」と、一言おっしゃった。

翌日O竹先生は亡くなった。奥様から、自宅に戻ったので、お別れに来て欲しいとのことで伺った。O竹先生のお顔を見ると、なんでだか滂沱《ぼうだ》の涙で、私はしゃくり上げるように泣いた。これはミロに続いて（スミマセン！　猫と一緒にして）、人生2大不思議だ。お葬式でも、ハンカチを手放せないほど泣きまくっていた（まぁ、この姿は正しい）。

O竹先生は、父より10歳下なのだから、このワガママな両親のことは、生涯任せられると信じきって頼りにしていた存在を失ったからかもしれない。亡くした人との距離感やタイミングなど、理屈は色々付けられる。

しかし私は、またしても涙を使い果たしてしまった。きっと人生における涙の総量は決まっているのだろう。もう私は完全に涸れ果てた。

O竹先生の死後、たくさんの医師と出会ってきたが、温厚にして患者の〝個〟を見つめ、判断は迅速にして大胆。

O竹先生のあり方は、ある意味内科医の理想型だと思う。

失われた6月―その1―

ついに病気になった。

イヤ……がんだってりっぱな病気だ。入院する前の大腸がんの症状は、正しく病気だった。しかし自覚症状の無いがんは、病気ではない――なーんてことを言うと、また放置療法のK医師と同じことを言っているようだが、びみょ～に違うのだ。運悪く（良く？）がんが早期に見付かったら、私だって日常生活との折り合いを付け、頃合いを見計らって、とっとと切ってしまう。乳がんの時は、そうだった。

5月の頭頃から不調を感じ始めていた。とにかくダルい。気が付くとキッチンのテーブルに、足を乗せたまま寝落ちっている。新聞を読んでいる途中でも、仕事をしていても、何かひと動作やるごとに寝落ちる。ハタと目覚めて、そうだ洗濯物を乾燥機で回さなきゃと、乾燥機のスイッチを入れテーブルに戻ると、また寝落ちる。普通30分ほどうたた寝しても、体を動かせばスッキリするものだ。だが乾燥機に洗濯物を入れている間も、もうろうとしている。終えればまたテーブルに戻って寝落ちる。乾燥機から洗濯物を取り出し、それをたたむ気力も無く、とりあえず床に放り出し寝落ちる。たたんでまた寝落ちる。「これは異常だ」とは思ったが、3月4月と色々立て込んだし、ストレスもあったから、今頃疲れが出たんだろう――位にしか思わなかった。5月6月に予約が入っていたお客さんは（私は完全予約制道楽飲食店もやってるので）、すべて断わった。

　書く仕事や料理に集中している間は、アドレナリンが出るのかシャキッとするのだが、一段落するごとに寝落ちる。もうダルくてダルくて、床に倒れ込んで寝たかったが、うちの床材はやたら硬くて痛い。それなら2階へ行って、ちゃんとベッドに寝ればよいものだが、それをやったら永久に寝そうでコワい。

　6月に入る頃になると、具合はいよいよ悪くなってきた。外を歩いていても、いつもフラフラと目が回る。元々小食だが、まったくと言っていいほど食欲が無い。食べたい物が、何ひとつ思い浮かばない。スーパーのお惣菜売り場を通るだけで、匂いでオエッとなる。ガンちゃんが、買い物リストのメモを見て、「何だぁ!?　姉ちゃんの食い物が入ってないじゃないか。肉を食え！　赤身の肉を！」と言うが、牛はあまり好きじゃないし、かろうじて羊ならと、ラムチョップを買ってきてもらい、赤身の部分だけを2本分食べるのがやっとだった。その内、ミニサイズの豆腐のさらに半分、揚げの焼いたのを3切れほど食べるのが、やっとになった。薬味が無くてはあんまりなので、何とか気力を振りしぼって、ねぎを切り生姜をおろした。

吐き下しもヒドイ。水のようなゲリ。食べてもないのに吐く。当然脱水になるので、スポーツ飲料をチェイサーに、少しでもカロリーをと、ビールを飲み下していた。人と会う気力も体力も無く、お誘いもすべて断わった。とにかく家でグダーッとしていたい。夕方の買い物以外は、まったく外出しなくなった。私は普段掃除らしい掃除はしないが、洗い物ついでに、ちょこっと拭いたり磨いたり、ホコリを払ったりで、かろうじてキッチンやトイレ程度はキレイにしていたが、その余力も無く、だんだんと家中すべてが薄汚くなってきた。げっそりと痩せ、お肌もカサカサだ。起きるとのどや口の中が、ひっつくように乾いている。脱水のせいか、夜になると微熱が出る。

「これは間違いなく病気だ！」。もしも病気でなかったら、自分がおかしいのだ（それを病気という）。私は逆流性食道炎もあるので、胃潰瘍かもしれない。うつ病も疑ってみた。精神と胃腸は密接だ。胃腸が悪いと気力を失い、うつっぽくなる。逆にうつになれば食欲が無くなる（過食になる人もいるらしいが）。しかしとりあえず、大腸がんの手術をしたのだ。術後何度も、腸閉塞を繰り返したという人の話も聞く。もしかすると転移かもしれない。このダルさは肝臓かも。まぁ、どうせ来週ＣＴ検査が入ってるし、その１週間後には、検査の結果を受けての大腸外科の診察がある。その時に、すべて判明するだろう。

今回のＣＴ検査は、主治医の指示により、お尻からの造影剤はナシとのことだった。よって検査衣に着替えることもなく、普通の服のままでＣＴを撮っただけだった。替えのパンツまで持ってきたのに、拍子抜けした。楽だったが、今回ばかりは造影剤ナシで、画像の精度はだいじょぶなのか？　と、ちょっと不安になった。

　ニヤリな主治医の診察の日、私は午後4時予約だったなと、歩いてちんたら病院に向かった。診察券を機械に通し、出てきた診察票を見て血の気が引いた。診察は午後2時30分からだった。私は乳腺外科の予約時間と、ゴッチャにして間違えたのだ。またやらかしてしまった！　ダメに決まってると思ったが、とりあえず大腸外科の外来へ行き、時間を間違えたとナースに伝えると、「先生ついさっきまで待っててらしたんだけど、今帰って行かれましたよ」と言う。申し訳ないことをした！　と、身が縮む思いだった。「ではまた来週にでも……」と、再予約をお願いしようとした時、ナースが「一応連絡してみますね」と、主治医と連絡を取ってくれた。主治医は、ひと仕事片付けたら、また外来に戻って来てくれると言う。前回はすっぽかし、今回は大遅刻だ。ああ……こういうアホがいるから、ただでさえ忙しい医師は、ますます忙しくなるのだ。もう平謝りだった。「イヤイヤ、忘れるくらいの方が、がんにはいいんですよ」と、ニヤリと笑う。やはりこの人は名医だ。

　ＣＴ画像を見て、「特に問題は無いようですね」と主治医は言う。「ホントに？　どこにも閉塞とか狭窄《きょうさく》はありませんか？」と食い下がったが、もう1度大腸を見て、腹部、肺を見て

（ＣＴは胸部までを撮っている）異常は無いと言う。それじゃこの具合の悪さは何なんだ？どこかに原因が無ければ、これほどの〝病気〟にはならないはずだ。血液検査の数値を見て、主治医が「ＡＳＴがかなり高いですね」と言う。ＡＳＴ？　そう記されているので、まったく分からなかったが、これはごく最近表記が変わったのではないだろうか。私の慣れ親しんでいる内科では、ＡＳＴはＧＯＴ、ＡＬＴはＧＰＴだった。これとγ－ＧＴＰは、飲んべぇはガン見して、まっ先にチェックする。

　主治医は、私が大酒飲みなのを知ってるので、「おそらくアルコール性の肝障害だと思いますが、念のため専門家に診てもらいましょう」と言うが早いか、院内ＰＨＳで知り合いの肝臓内科医に連絡を入れてくれた。それはありがたい……が、１番イヤなヤツがキタ〜!!私はおそらく、がんよりもこれを恐れていた。身に覚えはあった。確かに2月3月頃から、悪質な飲み方をしていた。決して大量に飲んでいた訳ではない。１日中ダラダラと飲んでいたのだ。ストレスもあり、寝ていても不安でパッと目が覚める。まだ午前中だ。お昼までは寝たいと、ビールをクイッとひと口あおって、また寝る。起きて猫どもの世話やら洗濯やら、ちょっとした家事をこなし、午後3時頃には買い物に出掛け、ついでに１、２杯やる。帰ってからも惰性で、チビチビダラダラと飲んでいた。それが明け方まで続く。つまり、ほんの数時間を除いて、１日中体内をアルコールが回っている訳だ。朝から飲んでるアル中オヤジと変わらない。そりゃ〜肝臓も疲れ果てるだろう。

主治医は電話をしながら、「えっホントに？　それはスミマセン。ありがとうございます。スミマセンね」と、しきりに恐縮している。肝臓内科の医師が、今日これから診てくれるのだと言う。時刻は午後5時になろうとしている。そ、それは困る……イヤ、ありがたい。が、まだ心の準備ができていない。今日も朝方までダラダラ飲んでしまっている。

　まず、内科用に（検査項目が外科とは、かなり違うので）新たに血液検査を受け、その結果が出てからの診察になるので、お待たせすることになるという。それはかまわないが、困った……イヤ、ありがたいことになった。内科医だって、大病院の勤務医は忙しいし、当直でもない限り、誰だって早く帰りたいだろう。そのことには素直に感謝する。

　肝臓内科医は、主治医の紹介でなかったら、即〝若造〟のくくりに入れただろう。そしてこの病院の内科医のご多分にもれず、日陰感がただよっている。内科医は数値を見ながら、「このまま上昇し続けると、腹水がたまって黄疸が出て、1年以内に死にますよ」と言う。私のキライなオドシだ。しかしウソではない。上がり続けたら、肝硬変から肝がん。あるいは劇症肝炎を起こして急死するのは間違いない。ＡＳＴは２７３だ。これは私にとって、驚くほどの数値ではない。毎度１００前後だし、過去にも２００に迫って、内科主治医に注意されたことはある。しかしサプリ（しじみ成分のアレね）を飲み始めたこと以外、特に節制したつもりはないのに、その次には１００台にまで落ちた。だが愕然としたのはγ-ＧＴＰだった。２３００という脅威の数値をたたき出していた。これはストレートに酒量を反映する。これまで1番高い時でも２００台だ。ケタが違う。「なんで……？　このところ飲めなくなってきて、酒量は以前の半分くらいなのに」「それだけ肝機能が落ちて、分解能力が無くなっているからですよ」と、内科医は言う。それは認める。いつの間にかトシを食ったのだ。あらゆる機能は、修復能力が低下している。数値を下げる以外に道は無いのだ。もうどんなサプリを飲んだって無理だ。ついに私もあの某有名作家のように、酒をやめねばならないのだろうか。内科医は、酒量はこれまでの10分の１以下。望ましいのは完全禁酒だと言う。「どうです、できますか？」。今の私には、控えめにする程度ならまだしも、とうていできる気がしなかったので、正直に「イヤ、無理です」と答えた。しかしその時内科医は、禁句（私にとって）を口にした。その言葉で、私の闘争心に火がついた。

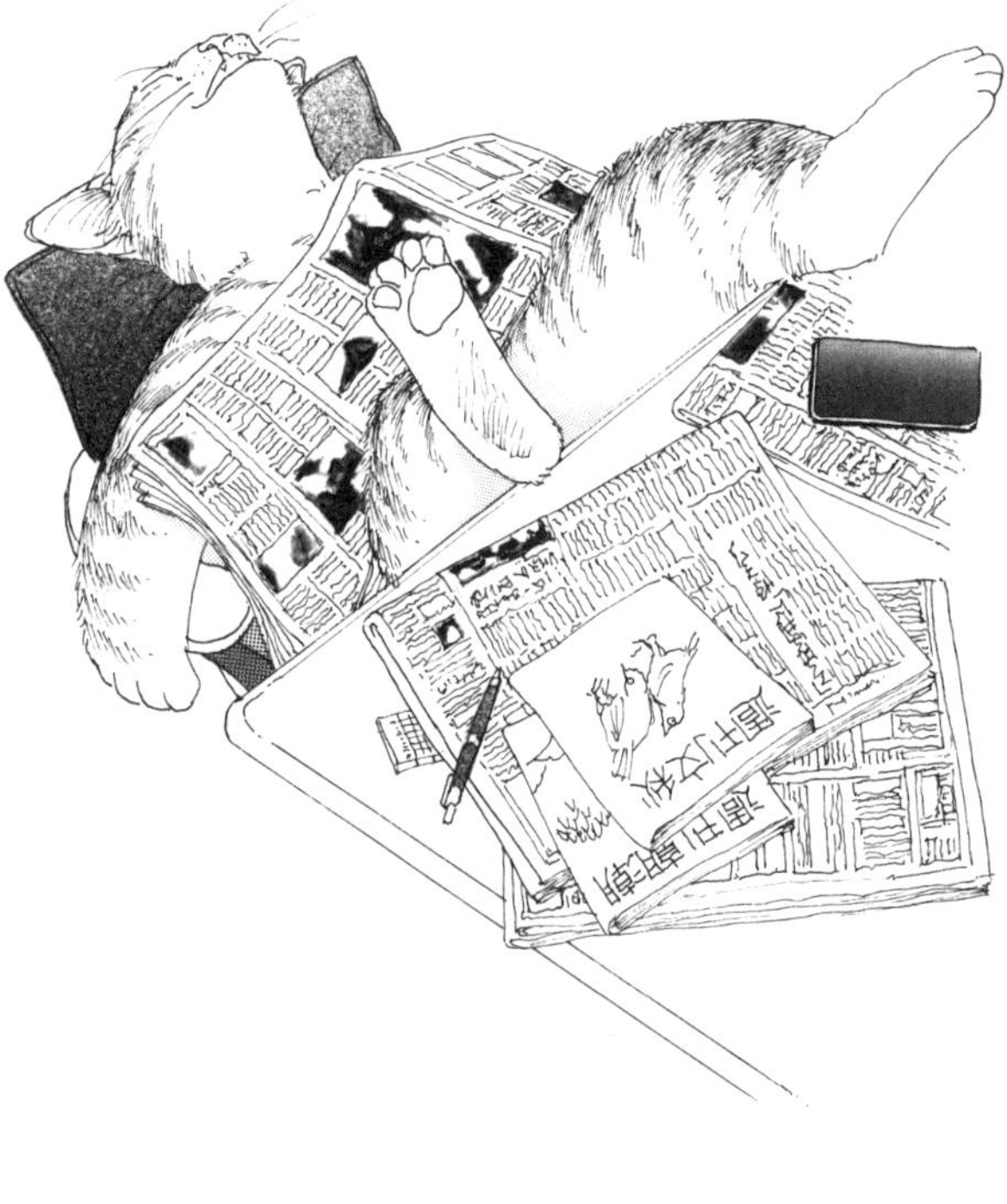
週刊文春
週刊朝日

失われた6月—その2—

肝臓内科医の発した禁句は、人によっては〝福音〟となるかもしれない。「ありがとうございます。ぜひよろしく」なんて言う人も、いるのだろう。なんで自分が、これほどまでの拒絶反応を起こすのか、正直分からなかった。

その言葉は、「なんでしたら、断酒専門の病院をご紹介しましょうか」だ。

反射的に「イエ、けっこうです」と答えたが、怒りで頭の中は、まっ白だった。色々な思いが渦を巻き、医者の話なんか聞いちゃいなかった。「はぁ……」とか「ええ……」とか、生返事をしていた。内科医の言うことは、ベテランでも若造でも変わりはない。「肝数値を下げなければ、お先まっ暗だ」以外に、医者に言えることは無い。でもそれにしたってこの若造、面白みが無さすぎる。同じ内容でもベテラン医師だったら、人や自分のエピソードを交えたり、具体的に数値のメカニズムを説明したりと、話に厚みがある（中にはダメな人もいるが）。「なるほどね」と、感心させたり、なごませたりする洒脱さがある。だからこそ患者は、納得できるのだ。

その時医者が、「ノンアルコールビールで離脱に成功して、断酒された方もいますよ」と発言した。また怒りセンサーが、「ピキッ！」と反応した。分かった！　私は「断酒」というワードがダメなのだ。何で「断」なんですか？　「節」や「禁」じゃダメなんですか？

――と、某国会議員のようになってしまう。

おまけに「成功」まで付いてきた。成功？　それじゃできないヤツは敗残者か！　その上「離脱」？　それの使用例は、「ロケットは大気圏を離脱しました」以外に、私の60年の歴史の中には無い。ズブズブの重力を想起させて、心優しいアル中患者の恐怖をあおる訳だ。そして「断酒専門病院」だ。自分ひとりでは、酒もやめられない人間に見えたのか（あながち否めないが）。身体まで壊すほどの重症の（あ、そりゃ私か）アル中の人は、１杯でも飲めば、すぐまたズルズルと、元の酒浸りに戻ってしまうという。私がそう見えたか（当然だろう）、上等だ！　アル中になる人は、何か心にすき間を持っているという（それも否めない）。アル中専門病院では、お互い体験談などを皆で語り合ったりして、自覚をうながす。そして誰か逸脱しないか、監視し合う。もしも隠れて飲んでしまった人がいたら、責めるんじゃなくて、「だいじょうぶだよ。また一緒にガンバロウ！」と、励まし合う。オェッ！――分かった、私は集団で何かをやることに、人並み外れて嫌悪感を覚えるのだ。もちろん、それが性に合う人は構わない。何ら文句をつける筋合いはない。仲間に巡り会えて、自分はひとりじゃないんだ！　と、それで心のすき間が埋まるのなら、そんなけっこうなことはない。ただ私は受け付けないだけだ——ってなことを一瞬の内に考えていた。1週間後に再び血液検査を受け、その後診察があるという。とにかくそこで、多少なりとも〝結果〟を出すしかない。1週間……たったの1週間。「10分の1程度に酒量を減らせばいいんですね？」と言うと、「断酒が望ましいです」と、追い打ちをかける。果たして1週間で、結果が出るほど酒量を抑えることが、できるのだろうか？　絶望的な気持ちになってきた。フラフラと立ち上がったが、「本日は遅くまで、お時間を取らせてしまって、申し訳ありませんでした。ありがとうございました」と、お礼を言うことは忘れなかった（オトナだからね）。

病院を出ると、もう6時半になっていた。まだ陽がある。1年中で最も陽が長い時期だ。気持ちのいい夕方だが、1杯飲みする気力も無く、まっすぐ家に帰った。がんを告知された時でも、こんなにヘコまなかった。途中のコンビニで、試しにノンアルビールを3本ほど買ってみた。もちろん飲んだことはあるが、ビールとは似て非なるシロモノだ。食事と共にだったら、レモン炭酸とかの方が、まだマシだ。取って付けたような苦味が、かえってジャマになる。

これからの方針を真剣に考える。断酒なんて、言葉すら聞きたくない。禁酒だと、期間限定とか自由意志に聞こえやしないか？　たとえば、乾杯の時には無粋なので、グラス半分位は飲みました。のように、柔軟性が感じられる。しかし断酒は一生モノだ。もしもひと口でも飲んだら、人生の敗残者という訳だ。

そしてまぁ、妹には怒られた怒られた！（ＬＩＮＥでね）「お姉ちゃんのやってきたことは自殺だ！」と、責められた。そうねぇ……自殺という認識は無いが、何でもすぐに、破滅的な方向に流れる傾向があるのは認める。自己肯定感が薄いのかもしれない。低いのではなく、薄い感じなのだ。実は何だって、どうでもいい。自分は誰にも（猫以外は）必要とされていない感はある。イヤ、猫だって、正式な家猫以外のネコ野郎どもは、「なんだいたのかよ」という目を向ける。ヤツらは、メシは自動的に出てくるものと思っている。

なーんて、自己分析をしてるバヤイではない。私は完全に酒をやめるつもりは、さらさら無い。絶対に手放したくない１杯がある。それらは人生の安定剤だ。温泉上がりの１杯。気のおけない友人との１杯。そして夕方、特に買い物帰りの１杯だ。夕方の１人飲みは、ファミレスがマストだ。気の利いたつまみのある居酒屋などは、１人で入ると、大きな席を占拠する訳にいかず、カウンターはたいがい座りづらくて疲れる。そういう店は、美味しい料理を味わったり、腕のいい大将の手際を見て過ごしたい時に行けばいい。ファミレスは、広い席をゆったりと１人占めできる。本を読んだり、ボーッと窓の外をながめたり、お客さんの会話や動き、すべての情報が混沌としたノイズとなり、瞑想に近い状態になる。これで脳の緊張が、かなり取れるのだ。これは替えのきかない時間と空間だ。

私は外ではビール以外の酒は、ほとんど飲まない。ビールはお腹がいっぱいになるので、2杯。頑張っても（頑張らなくていいが）せいぜい3、4杯だ。それなら大酒の域に入らない。つまり家でのダラダラ飲みをやめればいいのだ。しかしこの1週間だけは、外飲みもやめることにした。高校の同級生との飲み会も入っていたが、断わった。ノンアルビールに本物のビールを3分の1ほど加え、さらに炭酸と氷を入れてみた。これがけっこうイケた。こうして〝水増し〟し、1日に350㎖缶1本程度に抑えた。多少増えてもいいし、残ってももったいながらずに捨てる（酒飲みは、いじましく無理してでも飲み干す）。これは思ったより、平気で続けられた。夏場なので、美味しそうにビールを飲むCMも増えてきたが、見ても別に飲みたくならないし、目の前で人が飲んでいても、何とも思わない。しかし、外飲みを中止したのは、かなりキツかった。買い物に出掛けても、用件だけ済ますと、他の物には目もくれず、矢のように帰る。風景は色彩を失い、外にいる間は、あらゆる感情や感覚に、フタをした。季節はずれの猛暑の日に、出掛ける用事があった。のどがカラカラだし、涼まなければ倒れそうだ。駅前のコーヒーチェーン店に飛び込み、アイスオレを頼んだが、ジュルジュルと一気に飲んでしまった。この店は場所柄、特におババグループ度が高い。しゃべり声はデカイし、大笑いはするし、ボーッとするどころじゃない。早々に退散した。再認識した。自分が必要としていたのは、アルコールじゃない。ボーッとする、（アルコールの力も多少借りて）無になれる、時間と空気感なのだ。それを取り戻すためにも、1週間はガマンガマンだ！

ところでそもそも、自分は何のためにガマンをしてるのか？　数値を下げることが目的ではない（そりゃヒドイ数値だが）。メチャメチャ具合が悪かったのだ。その原因が肝臓だとしても、多少数値を下げたくらいで、本当にこの〝病気〟は治るのだろうか。半信半疑だった。少なくとも1週間程度では無理だろう。2日目、3日目と、さらにアルコール分を減らしていった。ノンアルで薄めるだけでは、何か味気ない。そこにオレンジやライチソーダを加えて好みの甘さにし、ビール250㎖缶1本程度にまで落とした。3日目くらいに、「アレッ？」と思った。何だか体が軽い。家事がはかどる。5日目になると食欲も出てきた（とは言え、私のはたかが知れてるのだが）。何か食べようという気になってきた。むやみに寝落ちることも、少なくなった。最後の2日間は、完全禁酒にした。ノンアルの炭酸・ジュース割りだけだ。具合はすこぶる良い。「ちょっと、ちょっと！　もう治ったんじゃないの？」ではないにしろ、このペースを続けていれば、いずれは本当に治るのだろう。よほど診察をトンズラしてやろうかと思ったが、それでは外科の主治医にも悪い。

やれる限りのことはやったのだ。これで多少なりとも〝結果〟が出てなかったら、暴れてやる！　それでも血液検査を受け、内科医の診察を待つ間はドキドキした。がんのマーカーの数値なんて、全然見てやしないというのに。

内科医に呼ばれ、診察室に入る。内科医は数値の出たパソコンの画面を見ていたが、しばしの沈黙の後、ニコリともせず「かなり節制されたようですね」と言った。「えっ？」と、画面を見ると、2ケタ！　なんと驚異の2ケタ！　人生において、かつて見たことのない2ケタにまで落ちていた。内科医は、「とにかくこれまでのような飲み方をしていたら……」うんちゃら言ってたが、舞い上がっていたので、聞いちゃいなかった。「もう今回でけっこうです。後はN医大の内科で診てもらいますので」と言うつもりで来たが、ゴキゲンだったので、すっかり忘れて半年後を予約してしまった。

失われた６月―その３―

肝数値が驚異の２ケタ——と言っても、ちょっと予想外の落ちっぷりだった。１週間程度の節制（それも完全禁酒でもなく）では、２００を切れば御の字、良くて１００台半ばだと思っていた。それが２ケタでも前半、ＡＳＴが２７３から48、ＡＬＴは１３０から43にまで落ちていた。γ－ＧＴＰだけは、まだ１０００を超えていたが、これはさほど心配しなかった。普通γ－ＧＴＰは酒量に比例するので、ものの２日も休肝すれば、まっ先に下がるとされているが、なんでか私はいつもγ－ＧＴＰの反応が鈍いのだ。これは以前からだ。大腿骨の骨折で入院して、１ヶ月近く飲まなかった時でも、正常値にまでは落ちなかった。これは体質なのか（体内に醸造所を持ってるとかね）、それとも何か他に原因が考えられるのか、内科医につっ込んでみたいところだが、「とにかく節酒を続けることです」と、追い打ちをかけられるのは目に見えているので、やめておいた。後にモノノ本（ネット）で知ったのだが、アルコール性の肝機能障害の場合、ＡＳＴがＡＬＴより高くなるのが特徴だ、と書かれていた。私はいつだってＡＳＴの方が高い。何にせよすべての数値が異常に高かったのは事実だし、節酒で劇的に落ちたのだから、アルコール性なのは間違いないのだろう。

それにしても、何かが引っかかる。すべてが、あまりにも急激すぎる。３ヶ月前の血液検査では、毎度高いとは言え医師の（少なくとも外科医の）目にとまる程には、高くなかったのだ。いくらいいトシをしたバァさんが、タチの悪い飲み方をしたって、わずか３ヶ月でＡＳＴが倍以上（３倍近く）はナイだろう！　それがたかだか１週間の節制で、ほとんど〝真人間〟の数値にまで落ちるか？　私は〝急性〟を疑った。もちろん各種肝炎や、サイトメガロウイルスなどの検査も入っていたが、すべてシロだった。実を言うと、数値を見た内科医も、何か釈然としない顔をしていたのだ。おそらく、落ちてもいいとこ２００をやっと切る程度で、さらなる減酒を続けるよう、説教しようという腹積もりだったのだろう。ところが文句のつけようがない数値だったので、一瞬言葉が出なかったのが見てとれた。

猫のケースしか知らないが、ここまで短期間の肝数値の増減で、まず考えられるのが毒物なのだ。隣の墓地のノラたちは、昔よく除草剤や、消毒液の入った溜まり水を飲んで、肝臓をやられた（現在は毒性の強い薬物は使われなくなったが）。中には命を落とした猫もいる。リンパ性胆管肝炎のシロミも、急激に肝数値がはね上がると、まず動物病院の院長に「何かヘンなモン食わせたんじゃねーの？」と、疑われる（失礼なっ）。またひどい糞詰まりなど、身体的ストレスでも上がるようだ。私は毒物（薬物）にも、糞詰まりにも覚えは無い。

　すると妹から出ました！　イレギュラー学説。「それってもしかして、リーキーガット症候群かもよ」。リーキーガット症候群？　初めて聞いた。モノノネットで調べてみると、リーキーガット症候群は、医学的には未承認だが、食生活や過度の飲酒、外科手術や化学療法などによって、腸管壁のバリア機能が低下し、腸内の細菌や老廃物が漏れ出して血液中に入り、肝臓に負担をかける。肝機能障害はもちろん、炎症性大腸炎、クローン病、慢性疲労、喘息、アトピーからうつ病、リウマチ、多発性硬化症まで、ありとあらゆる病気や疾患の原因となりうるのだそうだ（そりゃホントに全部じゃん！）。食品添加物やグルテン、カフェインなどの過剰摂取が原因だともされているので、不安をあおるだけの社会病、〝トンデモ学説〟だ！　として、議論は分かれているようだ。

　でも、なんとなく納得がいく。この急激な肝数値のアップダウンには、何かもう1つ未知のファクターが無ければ、説明がつかない気がしていた。内科医がもうちょっと面白味のある人だったら、「リーキーガット症候群ってご存じですか？」と、聞いてみたいものなんだがなぁ。別に医者に面白さを要求してるのではないが、「何ですか？　それ」と興味を持つような人なら、新（珍）知識が手に入るかもしれないし、医師としての厚みができるってもんだ。凝り固まっていたら、自ら成長するチャンスを手放しているようなものだ。なーんて、その言葉、自分自身にお返ししよう。私だって、この若造につっ込んでみて、「初めて聞きました」と興味を持つか、鼻でせせら笑われるか、無視して「とにかくさらなる節酒を」とくるか、聞いてみてその先に見える人間性もある。でもやらない。そこまで人間好きじゃないもーん！　もうおババなのよ。別に成長したくないもんね。よけいな人間関係、整理こそすれ広げたくないトシ頃なのよ――なーんてことを再認識させてくれた内科医よ、ありがとう。

リーキーガット症候群が、今後医学的に〝症候群〟のひとつとして、承認されるのかどうかは分からないが、つまりは昔から言われている「腸の不調は万病の元」ってことだ。それに名称をつけただけだ。何にせよ、過度な飲酒が引き金になったことだけは確かだろう。

さて……それから２ヶ月たった（現時点で）。ハルノのことだ、またズブズブのグダグダに飲んでるんじゃないの？――と、思われていることだろう。ところが維持しているのだ。外飲みは解禁にした。〝ビアラー〟なので、夏場はどうしても機会も量も多くなるが、控え目は心掛けている。そして家での１人ダラダラ飲みはやめた。ドイツの本醸造のノンアルビールをオレンジソーダと炭酸で割り、氷を入れた物が現在のマイブームだ。お陰さまで体調は良い。食欲も（私的には）ある。寝酒抜きで寝られるかな？　と思っていたのだが、睡眠の質も良いようだ。イヤ、睡眠の質もへったくれもないのだが……水分の取り過ぎで、何度もトイレに起きるし、猫は乗るわケンカだゲロだで、たたき起こされ、ヘンな虫にさされて掻きむしりで、しょっちゅう目は覚めるのだが、夢も見ずにまたストンと眠れる。

肝機能障害で〝病気〟だった2ヶ月余り、栄養は不足だし、動けない歩かないだったので、筋力（特に脚）が後期高齢者レベルに落ちていた。長い横断歩道を渡り切れない。階段は1段1段を足をそろえるようにして、手摺りにすがりつきながら上り下りする。自転車も最初の踏み込みが難儀だった。ただでさえ私の自転車は、30年モノのスポーツサイクルなので、ギアは重いしサドルは（若い頃のままサビついて）高すぎて乗りにくいのだが、脚力不足で腰を浮かせられず、ちょっとした段差も乗り越えられない。フラつくので、歩行者の間を通り抜けるのがコワかった。この辺は、どこに行くにも坂を下らねばならない。行ったら（坂を上れず）行ったきりになるので、バスやタクシーばかり使っていた。だからますます筋力は落ちる。もう自分は、こうやって年老いていくのだと、あきらめの境地だった。

　ところが体力が回復して動けるようになると、みるみる内に筋力は戻ってきた。昔のように――とまではいかないが、デンジャーなオレチャリにも乗れるようになった。トシはトシだし、大腿骨骨折以来、もう二度と同じ轍《てつ》は踏みたくないので、慎重には慎重を期してはいるが。意外な〝副産物〟だが、骨密度も、ほんのわずかながら上がっていた。整形外科医から、骨密度を上げる（とされる）薬を飲めとずっと言われていた。それが4週に1錠、起き抜けに飲み、飲んだらもう寝てはいけない――という、珍妙な薬なのだ。そこに何の意味があるのか、ホントに効くのかよく分からないし、場合によっては顎骨壊死という重大な副作用があるというので、かかりつけの歯科医はイヤがる。なのでどうでもいいと思ってるから、飲むのを忘れる。毎回診察のたびに言われるのだが、1回飲んだきりで忘れてしまう。それが自然に数値が上がったお陰で、「まぁ、いいでしょう」と、免除になった。20位トシをとってから帰ってきた気分だ。

酒にも（自分にとって）必要な酒と、必要でない酒があるのだ。必要じゃない酒で、自分はここまで体を痛めつけていたのかと、むしろ回復してきたことで、思い知った。これからだって、嬉しいことがあって、あるいはヤケ酒で、飲み過ぎちゃう日はあるだろう。でも、あのダラダラ飲みには決して戻らない。私は、やらかしたことに後悔はしないタチだ。どんなことでも、得るものはあった、勉強になったなぁ～と、おめでたく生きている。決して後悔はしていないけど、思い知ったのだ。あの具合の悪さ、あの弱りっぷり。猫は痛い目にあったら、決してそれには近付かない。私も猫レベルの学習能力という訳だ（賢いのかアホなのか、よく分からないが）。

もしも、一番好きな季節は？　と問われたら、5月の連休明けの頃から夏至まで、と答えるだろう（つまりはセ・パ交流戦の頃ね）。そりゃ～桜の頃もいいし、真夏の夕方、風にちょっと秋を感じる頃もいい。樹々が色づき野鳥が騒がしくなる頃も、街路樹の銀杏の葉が、雪のように降りつもるのも楽しい（真冬は冬眠）。でもやっぱりその頃が好きなのだ。たぶん気分的なものも大きいのだろう。人だらけで落ち着かない連休が終わり、空気もほど良く湿っていて、暑くも寒くもない。陽は夏至に向かって延びていく。

青嵐なんか吹き荒れる夜は最高だ。樹の匂いでむせかえるような、風の匂いを嗅ぐためにいつも外に出る。それを今年はしなかった。できなかったのだ。一生に1度しかない、今年のこの季節を私は棒にふったのだ。今年の6月は永遠に失われた。これは初めての後悔なのかもしれない。

リーキーガット症候群
ウソです
小腸
大腸

覚悟の先に

ササミという猫が死んだ。障害持ちのシロミより、１年半ほど前に我家の猫となったので、15〜16歳だと思う。つまり現在の最長老だった。

ササミは、近所の大型商業施設の広場で産まれ育ち、私が捕まえて、避妊手術を受けさせたミケ猫だ。今でこそ区のおかかえ（？）猫保護ＮＰＯ団体が、熱心に保護活動をしているが、当時はポンコツ団体ばかりが乱立していたので、私が１人でコツコツと捕まえては、自腹で避妊手術を受けさせていた（その数20匹超え）。

ササミの他の兄妹は、猫おばさんにもらわれたり、首尾よく避妊してリリースしたが、ササミは、一瞬触らせるまでは慣れるのだが、頭が良くて警戒心が強く、ＮＰＯのワナなんぞには引っ掛からない。私も大きな網で（よくサルとか捕獲するヤツね）狙うのだが、何度も失敗した。その度に、再び慣らすのに２、３ヶ月はかかる。やっと捕まえた時には、１年以上が過ぎていた。避妊手術を受けさせると、すでに妊娠していた。それも、明日にでも産まれるという〝臨月〟だった。かわいそうなことをした。そうと分かっていれば、今回は見送ったのに。ほっそりとした体型なので、分からなかった。「そんな悠長なことしてたら、また猫が増えちゃうじゃないか！」と、思われるかもしれないが、初産の母猫は、うまく育てられずに全滅する（またはせいぜい１匹の）確率が高いし、もしも育ったら、またその子を捕まえればいいのだ。それが私のやり方だ。

　ササミは手術後、２、３日うちで養生させてから、元の広場に戻すつもりだったが、慣れてくると、あまりのかわいさに気に入り（特に母が）、うちのコとなった。

　どの猫よりも、人間と暮らす幸せを享受し、それを表現してみせるかわいさを持つ半面、１年以上をノラとして生き抜き、母となるはずだった用心深さと、野性の智恵を持っていた。うちの人間にはなついていたが、お客さんが来ると姿を消すので、〝幻の猫〟と呼ばれていた。どしゃ降りでも台風でも出て行く。東日本大震災の時は、丸１日帰らなかった。何かあったら、家の中より外の方が安全――という、ノラとしての本能が、そうさせるのだろう。若い頃は、２、３日帰らないこともあったが、ササミは決して車や人には近付かない。何があっても、本能を駆使して必ず帰って来る――という、信頼と自信があった。

　そんなササミも、猫の老化のご多分にもれず、少しずつ腎機能が低下してきていた。数年前に、歯肉炎が悪化して抜歯した時、かかりつけの動物病院の院長に、「腎機能の方は、まだ治療を始めるほどじゃないと思うよ」と、言われた。昨年（２０１８年）の夏頃、再び歯肉炎で食べづらそうにしているので、病院に連れて行くと、聴診器を当てていた院長が（病院だとササミは〝借りてきた猫〟状態になる）、「こりゃ甲状腺機能亢進《こうしん》症だな」と言う。これまた年寄り猫（特に雌）に多い。このドキドキ感では、麻酔をかけると、心臓が止まる危険性があると言う。抜歯はまず、こっちを治療してからだと、１週間分の薬を渡されたが、外の方が気持ちの良い季節だ。食べる時以外は、帰って来やしない。時々は飲ませられるものの、朝晩2回なんて絶対ムリだ。そんなある日、ササミは突然姿を消した。最近は出掛けるといっても、墓地内の目の届く範囲にしか行かないはずなのに。食べに帰っている痕跡もない。2階の窓から、墓地に向かって呼んでみたが、気配がない。この辺にはササミはいない。カンとしか言いようがないが、それが分かった。しかし、ササミを信じて待つしかない。

３日目の夜、ササミは2階のベランダの暗がりに座っていた。「良かった〜！」と、抱き上げて家に入れたい気持ちだったが、声だけかけて放っておいた。ササミのように、臆病で警戒心の強い半ノラは、自分から近付いて来るのを待つしかないのだ。

寒くなる頃、やっとササミは、部屋の中でくつろぐようになった。それでも私が階下に行ってしまうと、不安なのかすぐにベランダに出て行く。かと言って、墓地に外出していく様子もない。墓地で恐い目にあったのは、間違いない。たった3日の間に、どれだけ恐い目にあってきたのだろう。少なくともササミにとっては、震災レベル以上の恐怖だったのだ。

ある日やっと、ササミは私の寝ているベッドに乗ってきた。ここまでくるのに、半年かかった。まともに姿を見なかった内に、ササミは薄汚れ、毛玉だらけのボソボソで、すっかりお婆ちゃんになっていた。幸い歯肉炎の歯は、自然に抜けたようだ。寝ている私に、ゴロゴロとすり寄る。なでていて、ふと見ると耳が切れているのに気付いた。ヤダ、けんかでもしたのか？　何かに引っ掛けて切れたのか？　やけにキレイな切り口だ……ハッ！　とした。

「ま、まさかね……!?」恐る恐るササミのお腹に手をやると、そこには数センチの傷跡があった。愕然とした。すべてが分かった。ササミは、行方不明の３日間に、猫保護ＮＰＯにとっ捕まり、避妊手術をされたのだ（それもニャン生２度目の）。これじゃただの切腹だろう！

私は激怒した。ＮＰＯ事務所に、バズーカをぶち込みたい衝動に駆られた（スミマセンねぇ過激で）。しかしＮＰＯに事務所などない。ただのジジィ、ババァの寄り集まりだ。「ドシロウトどもめ！　許さん！」。イヤ……もしかすると、避妊済みの猫だと気付いたのは、獣医だけの可能性もある。黙って閉じて「済みましたよ」と言っておけば、区の助成金が入るのだ。院長に訴えると、「そりゃひでーな。普通毛を剃れば分かるだろ」と言う。どんだけヤブなんだ！　こっちは麻酔をかけるのにも、慎重に慎重を期してたというのに。しかしＮＰＯのヤツに文句を言ったところで、猫を外に出す方が悪い。首輪も付けてないのが悪いと、〝印籠〟のごとき常套句が返ってくるだけだ。怒りのやり場がない。しかし、この事件をきっかけに、ササミの腎不全は、急激に悪化していった。心身共に、たいへんなストレスを受けたのだ。それなりに食べるのだが、痩せてきた。多飲多尿もひどくなったが、他の猫の使ったトイレには決して入らず、寝るため用の箱でしてしまうので、ササミ専用のトイレシーツ入りの箱を置くようにした。ササミは相変わらず、2階の墓地に面した部屋と、ベランダを出入りするだけだったが、ベッドや机の下から、寝ているササミの脚が見えているのを確認するだけで、ホッとした。ちゃんと畳の上で寝てくれているだけで、嬉しい。

ササミを病院に連れて行くべきか迷った。老化による腎不全に、根本的な治療法はない。定期的に病院に連れて行き、輸液をする。もっと悪化してきたら（飼い主が望むのなら）点滴になる。これは丸々半日、病院に預けることになる。動物の腎臓透析は（あるにはあるが）普及していないので、ガンガン水分を入れて体内の毒素を流す。これが透析代わりだ。飼い主は、少しでも長く一緒にいたいので、どうしても輸液や点滴を続けてしまうが、老化による腎不全は、がん以上に不可逆なのだ。飼い主の方がワガママを言って、生かしているような気がしてくる。ササミの性格、そしてあれだけの〝恐怖体験〟をしたのだ。せっかく再び心を許してくれたのに、また袋詰めにして病院通いで恐怖を味わわせ、多少の延命をしてどうする。それじゃ〜なぜ、同じく根治不能のシロミには、病院通いをさせるんだ？　と、問われるとイタイ。自分の中でも、まだちゃんと決着がついていない問題だが、まず性格の違いが大きい。シロミは、幼い頃から病院慣れしている（もちろんイヤがるが）。「ウソでしょ！　今日も連れてくなんて！」ってな程度で、大きなストレスにはなっていないのだ。それと〝乗りかかった船〟ってことがある。リンパ性胆管肝炎は、まず急性の疾患として、発症したのだ。その症状のアップダウンに振り回され、院長も私も、〝あきらめ時〟が見えていないのが現状だ。

両親の場合も、性格が大きく影響した（また猫とゴッチャにしてゴメン！）。２人とも、とことん束縛がキライだし、昼夜逆転生活の歴史は根深いので、施設はありえなかった。入れちゃえば慣れてくれる、なんて言われるが、断言しよう。絶対にムリだ。あの２人は、史上最強レベルの理屈巧者だ（母は晩年ゆる〜くボケていたので、可能だったかもしれないが）。誰でも言い負かされる（まず私が折れるし）。それより父はむしろ、すべてをグッと内に押さえ込み、沈黙するタイプだ（時々爆発するけどね）。施設はただの牢獄だろう。がんでも作って、ストレス死するに違いない。ただでさえ老人は、不自由な肉体に閉じ込められているのだ。できる限り、好きにやってくれたらいい。だから母の酒もタバコも止めなかった。命を縮めるとは分かっていたが、起きている姿勢をツラがるので、寝たきりになるのを承知で許した。父だって、キチンと歯を磨け。起きてリハビリしろ。自力でトイレまで行けるんだから、こまめに行け。と、口うるさく言ってれば、ちょっとは寿命が延びたのだろうか。だとしても、お互いぶつかり合い、イヤな思いを抱えたまま、あの世に行くハメになるだろう。「イヤな思いまでして、キビシクしてくれて、ありがとう。本当は感謝しているんだよ」なーんて、言い残していくタマじゃないのだ。

いつだって自問自答していた。自分はただ、手を抜きたいだけじゃないのか（否めないが）？　嫌われたくないがための、事無かれ主義なんじゃないのか？

しかし、手を抜いたら、その分増える仕事も多いのだ。シーツを替える回数も増えるし、急かさないので、万事にとんでもなく時間がかかる。特に母の寝タバコは恐怖で（布団も畳もコゲ跡だらけだった）、部屋に火災報知器を付けたりした。止めない、叱らないには、忍耐と、何か起きたらすべてを引き受ける覚悟が必要なのだ。２人とも人生の、着陸（昇天？）態勢に入っているのだ。もう戻ることはない。いつ何が起こったって、覚悟してるから、イヤな思いをさせてまで、多少着陸を遅らせることに意味はない。

なので早々に、「ササミは病院には連れてかないからね」と、院長に宣言した。最後の力を振りしぼって、墓地に出て行ったり、手の届かない場所に潜り込んで死んでしまうことも、覚悟はしていたが、死の１週間ほど前、なんとササミは、元気だった頃でさえ、めったに降りて来なかった、階下にやって来た。最後の３日間は、これまでの不在を取り戻そうとするかのように、キッチンのテーブルで仕事をする私の足元に、ベッタリとついていた。私もなるべく１人（匹）にしないよう、そこでうたた寝し、話しかけ、濃密で幸せな時間を過ごした。両親の頃からの迷いや葛藤や、呪いまでが消えていく気がした。天はつらい覚悟の先に、小さな奇跡を用意しておいてくれたのだ。

若き日のササミ

H屋を呼べー！

何年かぶりに、正統派カゼをひいた。ノドの痛みから始まって、鼻水、微熱、咳ときた。しかし私は喘息持ちなので、いつまでたっても咳だけが残る。ちょっとのノドの刺激や気温の変化で、突然カラ咳が出だして止まらない。それが、寝ようとして横になると始まる。つられて喘息も始まる。多用してはいけないと、分かってはいても苦しくて、気管支拡張剤の吸入を使わざるを得ない。一旦はおさまるのだが、それが30分、1時間おきにやって来るのだから、寝られたもんじゃない。もはやカゼを引き金に、咳喘息とやらに移行してしまったのかもしれない。ただでさえ、ベッドに入るのは4時5時なのに、やっと本当に寝つけるのが、朝の8時頃だ。それでも猫どもや、世間様の事情で、12時には起きねばならないのでツライ。

そんなある日、「いる〜？」と、突然2階の寝室に入って来たヤツがいる。飛び起きた。

「あーゴメン寝てた?」H屋電機だ。そうだった。洗濯機からタラタラ水が漏れ続けているので、見てくれないか? とゆうべメールしたのだ。不覚だった。どんなによく寝ていても、人が階段を上ってくる足音で、目が覚めるのに。連夜の咳で、疲れ果てて爆睡していたのだ。寝過ごしたのかと思って時計を見ると、午前11時半だ。なんだよ〜! H屋は私の生態を知ってるから、いつも来るのは午後じゃないか! 「ちょっと下来て、洗濯機見て」と、何やら急いている。「もう廃業だからさ。オレ死んじゃうから」。は? 何言ってんだコイツ。「オレがんだから」。バーカ、がんだからって、今時そう簡単に死ぬか。「何がん?」「膵臓がん」。それのせいで、インシュリンが出なくなり、糖尿が悪化して発覚したのだと言う。「それヤベェやつじゃん」「ああヤベェよ」

——ハイ! ここまでお読みになって、ツッ込みどころ満載で、どう理解したものか、モヤモヤされていることと思います。整理してみましょう。

1. なぜ電機屋が、人が寝ている寝室まで、勝手に入って来るのか?
2. なぜ電機屋と私は、このように乱暴な言葉遣いなのか?
3. なぜがんに罹患した人間に、面と向かって「ヤベェ」という露骨な発言ができるのか?

まず、1. H屋電機が図々しい人間であり、私がズボラな人間だということだ。
この家に鍵はナイ。その所以《ゆえん》を語ると長くなるし、言ってしまえばセキュリティー上(かな？）よろしくないので割愛するが、この家には〝心理SECOM〟と〝猫SECOM〟と〝逆SECOM〟が働いている。まぁ、鍵があったところで、H屋はどこからでも入って来るだろう。

2．この言葉遣いは、東京の限られた下町の〝方言〟だということだ。父は調子に乗ると（または景気づけたい時）、こんな言葉遣いになった。子供は〝悪いコト〟はマネしたがるので、いつの間にか身についてしまった（もちろんTPOは、わきまえてますよ）。母には、よく怒られたが、普段は標準語でしゃべっていても、同郷の者同士が会うと、ついお国訛《なま》りが出てしまうようなものだ。

そして3．H屋と私は、そういう独特な距離感と関係性で付き合ってきたのだ——としか、言いようがない。

H屋は、手動で水栓を閉められるよう、応急処置をしていった。洗濯機の水導入部の部品は、1万2千円位。15年前の型だから、同じタイプなら買い替えても4～5万程度だそうだ。

「オレできないから。廃業だからさ」

そんな選択任されたって、H屋以外に直せる電機屋なんて、いる訳ないじゃん！ イヤ、部品すら取り寄せることができないんじゃないか？ 世の皆さん、Y電機やYカメラの修理屋に、ダマされてはならない。「10年前の製品ですからねー、もう部品がありませんよ」「直す方が高くつきますよ。買い替え時ですね」は、ウソだ。部品は20年前位の物まで、たいがい手に入るのだそうだ。それは手間と労力を惜しむ怠慢か、単なる能力不足であり、ほとんどの電化製品は直せるのだ――私はメカに弱いし、さして興味も無いので、医療のように知識を吸収することはできなかったが、H屋にそのことだけは教わった。

膵臓がん（既に症状が出てるような）の5年生存率って、恐ろしく低かったよな。確か１ケタ……それも1ケタ前半だった（もちろんそんなの信じてないが）。

起き抜けには、ノンアルビールをオレンジソーダと炭酸で割ったのを飲むのが、最近の習慣なのだが、ボヤッとしていて、プシッとホンモノのビールを開けてしまった。わざとではない（イヤ、未必の故意かもしれないが）。イカン、動揺している。なんで自分のがんには動揺しないのに、ヒトのがんに動揺してるんだ？

最近たて続けに、出版関係でお世話になった知人が、がんで急死してしまったことも大きいと思う。「えっ？　ついこの間、一緒に飲んだのに？」って感じで、会った2、３ヶ月の後には訃報が届いた。ここ1、２年の間に3人もいる。全員いわゆる〝団塊の世代〟だった。H屋も同年代だ。あの世代のおじさんたちに多いが、健康診断なんて絶対受けない。やりたいコトやって、いきなり死んだら上等よ。なんて粋がっていて、本当にそうなってしまうのだ（H屋はまだ死んでないが）。

H屋電機とは、前の家からだから、もう50年近い付き合いになる。H屋は、一種の天才だ（と思っている）。どんな珍妙な要求でも、なんとかしてくれる。壁の高さ１８０㎝辺りに、

「ここにコンセント付けられるかなー」と言えば、裏側の壁をたたき「ああ、これ引っぱりゃいいんだ」と、壁の中からゴソゴソと線を引っぱり出し、作ってしまう。「パソコン１丁持ってきて」と言えば、安い型落ち品を持ってきて、「すぐ使えるようにしといて」と言えば、その場で初期設定から、ネットや基本ソフトまで入れてくれる。すべて独学だそうだ。ただしパスワードなんかも、勝手に設定していくので、Ｈ屋がメモった紙を捜さない限り、これで私のパソコンは、ただの薄い箱だ。

　エアコンを分解掃除し、ＦＡＸの送りの異常を直し、乾燥機のモーターベルトを替え——そうだ、父の眼が悪くなった時に、初代拡大機を見つけてきたのもＨ屋だ。昔はよく屋根に登ってＴＶアンテナを直し、衛星アンテナを付け、スカパーアンテナも付け、電気とは関係ないけど、かめの底にドリルで穴を開け、ブロック塀の〝猫穴〟を完遂させ、空気清浄機、火災報知器、仏壇の灯を電池式から家の電源に変えたのも……つまり、この家の歴史のすべてが、Ｈ屋なのだ。

　ガンちゃんでも手に負えない時は、「ダメだ！　Ｈ屋を呼べー」が、合言葉だった。もしも台風で屋根瓦が飛んだら、「Ｈ屋を呼ぶしかないな」とガンちゃんと話したばかりなのに。私はそんな〝便利屋〟を失うのが（まだ失ってないけど）ダメージなのか？

　Ｈ屋は、いわゆる〝町の電機屋さん〟だ。どこの町にもあるだろう。半分シャッターが閉まった、ショーウィンドウの中には、ホコリをかぶった古い電気釜や、掃除機が並んでいる電機屋。近所のじっちゃんばっちゃんたちからも、蛍光灯切れちゃっただの、棚つけてだのと、便利屋のような依頼が入るそうだ。口の悪い、愛想のないこの電機屋が、実は天才だなんて、誰も知らない。聞けば74歳だそうだ。店を閉める日が近いとは、前から覚悟していた。でも生きてさえいれば（死んでない死んでない）、力仕事以外なら、足腰の立つ限り、呼べば来るものと思っていた（死んでないけどね）。呼べば、ブツブツ悪態をつきながら、どんなムチャブリでも、＋αの仕事で返してくれる。お代はビール１杯、お茶とお菓子で「これでいいよ」なんてこともあった。H屋は私にとって、「紅の豚」のピッコロおやじ、ドーラの飛行船の機関士のじっちゃん、みたいなものだった。たぶん私は、この長い歴史と関係性を失うのが（まだ失ってないけど）、限りなく心細いのだ。

　手術前に、がんを小さくしておくための抗がん剤治療で、２週間入院したと言っていた。この前うちに来たのは、夏の終わりか秋の初めか――ってことは、退院してほどないのにわざわざ自宅から来てくれたのか（自宅は隣の区だ）。３kg痩せたと言っていた。無理して来てくれたんだ。「気持ち悪くなった?」「イヤそれほど。それを抑える薬飲んでたしさ。でもブツブツができたよ」「入院ヤだったっしょ〜」「イヤだね〜!」なんて、帰りぎわ玄関先で他愛もない話をして、「もういらないから、コレあげる」と乾燥機の使い捨てフィルターを１袋くれた。なんだよ、乾燥機のフィルターが形見かよ（死んでないけど）。「絶望すんなよ。ひと山越えて良くなって、またひと山越えてって……10年も続けりゃ御の字だしさ」「絶望なんかしてねーよ」

　これが最後の言葉か（って死んでないからね！）。別になぐさめの言葉じゃない。がんってヤツは、そんなもんだと思っている。〝ねばり得〟みたいなもんだ。だから図太いヤツ、お気楽なヤツが長生きする。

　しかし、入院手術となると、何かと物入りだよな。長年世話になったんだ。お見舞いくらい送っとくか。お見舞いには、やっぱ〝実弾〟よね。自宅の住所は知っている。名字も……あれ？　下の名前は何だっけ！　知らない……ホント分からない。奥さんの名前は分かるのに50年近く付き合ってて、下の名前を知らないなんて！「ハハッ……バカだね～！」

　H屋は、時々用もないのにふらっと立ち寄って、バカ話をしていった。「余裕があったら、また顔でも見せてや」と言って、玄関で見送った。H屋は、またいつの日か、ふらっと玄関先に現れるかもしれないし、永久に現れないかもしれない。何年経っても、私は決して奥さんに、電話で様子を尋ねたりはしない。お見舞いは、閉まった店のシャッターの中に、放り込んでおこう。見つけた時に、生きてりゃお見舞いで、死んでりゃ香典だ。いいじゃないか。そんなクールな付き合いなんだから。

徳用
60枚入
紙フィルター

認めたくない

　カゼから始まった、カラ咳と呼吸困難が、なかなか終息しない。気の弱い人なら、これはもしや、大腸がんからの肺転移では——と悶々とし、主治医に懇願し、検査ざんまいなんか、やっちゃうところだろう。しかし、頓服として常備している、気管支拡張剤の吸入を使えば、どんなにひどい呼吸困難でも、ウソのようにおさまってしまう。つまり、これは肺の問題ではなく、気管支の問題なのだ——というのは明白なのだが、その間隔が短くなりすぎだ。カゼをひいてからというもの、寝ていても起きていても、ほぼ１、２時間間隔になっている。これはひじょ〜にマズイ。この「ベロテック」という気管支拡張剤は、心臓に負担をかけるのだ。しかも依存性があるので、どんどん回数が増えていく。こりゃ〜そろそろ限界かなぁ……とは感じていた。そろそろ〝根治〟を目指した、ステロイド入りの吸入を処方してもらわねば、ならないのか。これはＫ病院の外科主治医に訴えても、仕方ない。今度は呼吸器内科を紹介されるだけだ。これ以上病院に通う回数が増えたら、たまったもんじゃない。Ｎ医大の定期検診も近いことだし、こちらの内科主治医に相談すべきだろう。

Ｎ医大のＯ主治医は、内科（循環器）が専門なのだが、実は「総合診療科」に属している。近年はこの「総合診療科」を設ける病院が多い。あまりにも専門が細分化されてしまい、「なんだか微熱が続いて、ダルイんですけど」なんて不調を訴える患者さんは、何科に行けばいいのか、迷ってしまうからだ。この科は、患者への問診や触診によって、不調の原因を探り当てるという、最も経験と観察力と、人間力が必要とされる科だと思う。「微熱・ダルイ」の原因となる疾病は（精神的なものも含めて）、１００を下らないだろう。とんでもない科に送り込んだら、命に係わることだってある。

昔Ｎ医大では、その役割を「総合案内」という、主任以上もしくは、現役を退いた指導者クラスの、ベテランナースたちが担っていた。これはなかなか有効だった。様々な科の現場を経験してきたベテランナースは、観察眼も磨かれているし、なんたって機動力がある。母なども、その場で「はい点滴」とか、「はい入院」なんてことがあった。医師へのお伺いは、二の次だった（という印象がある）。現在は、コンプライアンスなんたらが、うるさいので、ちゃんと医師が携わる「総合診療科」と、なったのだろう。

Ｎ医大のＯ主治医（♂）は、保育園の園長先生みたいに、いつもニコニコ優しいし、判断も的確なのだが、本当はものすごい変人なんじゃないかと思う。小鳥が歌うように、舌っ足らずのカワイイ口調でしゃべるので、ついうっかりスルーしてしまうが、たとえば他の先生について「あの先生70にもなるのに、背もあるし体幹いいですね〜」と言うと、「体幹いいですよね〜。髪の毛の方は、若い頃から、イッちゃってましたけどね」なんて、さりげなく毒舌を織り交ぜてくるので、油断がならない。

O主治医に、カゼをきっかけに、カラ咳と呼吸困難が続いていること、頓服としてベロテックを使っていることを告げた。実は、ベロテックを使っていることは、初めて告白した。この吸入はN医大からではなく、子供の頃からお世話になってきた、ホームドクターから処方されている。母も同じく処方してもらっていた。しかしベロテックは、依存性があるということで、現在はあまり使われていないようだ。薬局でも普段取り扱いがないので、お取寄せとなる。別にナイショにしてた訳ではないが、イヤがる医師もいる。

喉元あたりに聴診器を当てていたO主治医は、「うん、そうですね。ちょっと違うお薬使ってみましょう」と、あっさりステロイド入りの吸入を処方してくれた。発作が起きていようがいまいが、１日朝晩２回でいいという。吸入の後には、必ずうがいをする。「シロ〜いね、カビがノドにはえちゃいますからね」って、それはカンジダだ。ステロイドで、ノドの粘膜の免疫が抑制されて、真菌類が増殖する場合があるのだ。

ステロイドは、むやみにコワがり、忌み嫌う人がいるが、ドーピングの筋肉増強剤や、アトピーで、どんどん薬用量が増えて悪化したとか、１度でもハマったら抜けられない、麻薬のようなイメージが、先行しているからだろう。元々体内で作られる物質だし、うまく使えば、たいへん有効な薬となる。大病院や製薬会社では、しっかりしたエビデンスやマニュアルがあるのだろうが、世の中には、やはり一定数のヤブがいるのだ。使い方次第だろう。

よく湿疹やかぶれの塗り薬として、薬局にも、ステロイド入りの軟膏が売られているが、これをむやみに、水虫やインキンに塗ってたら、いつまでたっても治らないどころか、悪化させてしまう。

昔、父に「キミ、ちょっとコレ見てくれよ。かゆくてしかたねぇんだ」と、タ○キンの裏を見せられた（これほど父親から、何度も積極的に、タ○キンを見せられた娘が、いるだろうか？）。見ると裏側からお尻の割れ目が、赤くかぶれている。こりゃインキンだろ！　とは思ったが、「はぁ～オムツで蒸れて、かぶれたんだね」と、翌日病院に連れて行った。父はステロイドと、抗生物質の軟膏２本をチャンポンに塗っていたようだ。真菌類にそんなもん塗ったら、治る訳ない。

水虫やらインキンは、恥ずかしいもんで、認めたくない。蒸れただけだ。かぶれただけだと自分に言い聞かせ、医者に診せずに、シロウト判断で、市販薬に手を伸ばし、失敗する。〝正常バイアス〟というやつだ。ちなみに父は、皮膚科の若い女性医師に、タ○キンの裏を見られるという、さらに恥ずかしい目にあっていた。

寝る前に早速、ステロイド入りの吸入を試してみる。母の時のステロイド吸入とは違う。

まったく聞いたことのない薬名だ。新薬なのだろう。すると、アレ？　寝ている間に、呼吸困難の発作が起きてない。まだカゼを引きずっているので、時々カラ咳で目は覚めるが、呼吸困難にまでは至らない。朝（昼だけど）起きた時もやってみる。アレレ？　１、２時間ごとに呼吸困難が起きたのに……絶対に起きる！　という局面でも起きない。それは夕方、１日の最初のビールを「プハ〜ッ」と、飲んだ時だ。それだけは季節や体調に関係なく、必ず起こる。その時間までは、ろくに座りもせずに、ガシガシと活動していて、やっとゆったり座って、ホッとひと息の瞬間なのだ。これはおそらく、副交感神経が優位に転じるからなのだろうが、詳しいメカニズムは分からない。

　しかし、朝晩まじめにステロイドを使っているからって、この喘息（のような）発作は、年季が入ってるんだ。そんな一朝一夕に治るはずがない。きっとカゼが良くなってきたからだ——と、思っていたが、何日たっても何が何でも起きない。アレ？　キそうかな？　とアヤシクても、ちょっと他のことに気を取られている間に、いつの間にか忘れてる。本当に治ってしまったのか!?——ってことは、やっぱりホンモノの喘息だったというのか。

　コレが初めて起きた年だって、分かっている。１９９７年だ。ニュース沙汰にもなったので、覚えている方もおいでかと思うが、その前年の夏、父が西伊豆の海で、溺れ死にしかかった。それから派生した、一連のストレスやプレッシャーが原因なのだ。その年から、母がいきなりヘビースモーカーになったことも大きい（その理由は差し控えるが）。その前の20

年余り、母は禁煙していたのだ。私は喫煙者を排除するような、狭量な人間ではないが、目の前１ｍでパカパカ吸われたら、間違いなくこっちの方が、よけいに煙をくらうことになる。私の気管支も、ダメージを受け続けたはずだ。

この年より前は、むしろ健康には自信があった。鼻炎だの中耳炎だの扁桃腺炎だのと、確かに耳鼻咽喉系は弱かったが、子供がかかる、通り一遍の病気にしか、なっていない。以前は、素潜りが得意だった。シュノーケルやフィンなんて、オシャレな物は付けず、海女さんのように、水中メガネ一つで潜る。魚や海の生物をからかって、１分位は潜っていられたのに、この年から息が続かなくなった。その上地上でも、時々息が上がるようになった。97年の秋頃には、初めて呼吸困難の症状が出たが、自然におさまっていた。

しかし２００３年の冬、インフルエンザをきっかけに、本当に喘息（のような）発作が起き、母のベロテック吸入を借りて、使うようになった。長年母の喘息発作を見てきたが、自分がなってみて、こんなにも苦しかったのかと、初めて分かった。イヤ、苦しいというよりも恐怖なのだ。息が吸えない吐けない、溺れているようで、ダイレクトに命の危険を感じる。

いつしか吸入を１階、２階、外出用と、３本常備するようになっていた。いつだったか、飲食店でビールを飲み、苦しくなったところで吸入を取り出したら、中身の薬剤が切れかかっているのに気付いた。冷や汗が出た。焦って振ったり、シュッシュッと絞り出すようにしても、安全ピンの針で噴射孔をつついても出ない。はたから見たら、アル中が酒瓶を逆さにして、底をたたいているかのように、異様な有様だったことだろう。結局、口をすぼめて、口笛を吹くように吸い吐きをする〝海女さん式呼吸〟で、なんとかしのぎつつ、ビール１杯で退散した（それでも飲むんかい！）。

気付けば、こんなにまで悪化させていたのに、私は認めたくなかった。母の発作で、父が一晩中背中をさすったり、母が息も絶え絶えに、「苦しい！　殺して」などと叫ぶのを聞いたり、喘息のせいで赤ん坊だった妹が、ないがしろにされたり、父が家事や育児を負うことになる様を見ていて、イヤだったのだ。

母のようには、なりたくない。自分は喘息なんかになってない。私は健康だ（がんと人工股関節と肝数値以外は）――と、正常バイアスが、かかっていたのだ。

それにしても、この吸入を使って、１日にして治ってしまうとはクヤシイ（薬の進歩もあるだろうが）。喘息だったのもクヤシければ、治っちまうのもクヤシイ！　この20年間は、何だったんだ！　私はアホだ。オレはインキンなんかじゃない――と、変わりはないのだ。

瞬間と永遠

すこぶる健康だ。喘息はおさまってるし、CT検査は異常ナシだし、肝数値も〝真人間〟だ。外科の主治医からは、「どうやって下げたんですか?」と、マジの逆質問をされた。「イヤ〜家での、ダラダラ飲みをやめただけですよ」と、軽く優越感にひたる。外科医は、おおむね大酒飲みだ。何らかの数値が引っかかっている人は多い。うらやましいのだろう。

がん持ちなのに、健康だはないだろう——と、思われるかもしれないが、今、不快でなく生きていられれば、とりあえず健康なのだ。もちろんトシなんだから、小さな不快は多々ある。左手の親指が〝バネ指〟というやつらしく、曲がらない。うっかり勢いで曲げると激痛が走るし、曲がったら今度は伸びないので、ペットボトルを開けたり、重いフライパンを振るのは難儀だ。

人工股関節で、右脚が、1・5㎝ほど長くなったせいなのか、足の裏にヘンな負荷がかかるらしく、〃ウオノメ〃が重症だ。ウオノメは昔からで、父の足が糖尿性の壊疽になりかかった時、ついでに足の専門医に見せたら、それは合ったインソールを敷けばいいと、医療用インソールの専門店を紹介してくれた。しかし私は、真冬でも裸足でサンダルの、サルのような人間なので、意味がない（それは恥ずかしくて、医師に言えなかったが）。ウオノメには、スピール膏を貼ってふやかし、爪切りで切るのだが、芯の部分は皮下組織まで達していて、血が出る。これ以上根が深くなったら、手術も考えねばならないだろう。

左脚の下肢静脈瘤も、10年以上の付き合いだ。足首には網目のような、どす黒い内出血があるし、カユイ潰瘍もできる。これをバリバリ掻きむしると、たやすく出血する。いかにも滞っていたドロッとした血なので、〃瀉血《しゃけつ》〃ぢゃ〜と、流血するがままにしていると、人々に不気味がられる。血管外科医に相談したら、まずは医療用弾性ストッキングを処方されたが、はくのも苦労するような強力さだ。夏の暑い時期だったし、自転車をこいで買い物に行ったら、〃加圧トレーニング〃と同様で、グダグダに消耗したので、ストッキングは30分で脱ぎ捨てた。はき続けていれば、モデルのような脚が手に入ったかもしれないのに、惜しいことをした。

乳がんの手術跡も、けっこう不快だ。肩の可動域はほぼ正常なのだが、常に硬いテープで引っぱって貼りつけているような、つっぱり感がある。低気圧が近づくとジンジン痛むし、空気が乾燥すればチリチリ痛む。手術から8年になろうとしているが、刃傷沙汰の古傷と同じだ。乳がんは、部分切除でも十分いけたやつだろう。傷が痛むたび、チッ！　と思うが、あの時は焦っていた。父は命の危機に瀕した入院中だし、母は家で寝たきりだし、〝後腐れ〟を最も懸念した。最短最強を選択するしか無かったのだ。主治医に（全摘出にして）「ペンを握るのと、包丁を使うのに支障が出るのは、困るんですけど」と尋ねると、「だいじょぶです！　ピアニストの患者さんがいましたが、変わりなく弾けてますし、包丁も問題はありません。生のカボチャを切る時以外は」と言われた。生のカボチャは、前にも後にも、切れたためしがない。

　まぁ、60過ぎたのだ。ピカピカであろうはずもない。ひと昔前なら、ホンモノのお婆さんだ（何せ『サザエさん』の「波平さん」が54歳なんだから）。それでいくと、大腸がんが一番不快でないかもしれない（脱腸以外は）。そう考える私は能天気なのか？　２人に１人が、がんになる時代だと言われてるのに、なんで人は自分だけは、がんになるはずがないと、思っているのだろう。ウオノメより、よっぽど高い確率だぞ。そして、なんでがんを特別視するのだろう。死に直結するからか？　それなら糖尿病や高血圧だって、腎不全や脳梗塞、心筋梗塞なんかで、死に至る病だ。なにも告知されたら、目の前が真っ白にならなくてもいいじゃないか。だいたいが、〝告知〟ってワードがいけない。深刻さに拍車をかけている。医者の方にも、「がんだったしーやっぱ手術がマストなんだけどぉーいつヒマ？」くらいの、カジュアル感が求められる。

退院して間もなくの頃、近所の〝猫友〟の奥さんと、道でばったり会った。「久しぶり！　元気してたー？」と言うので、「イヤ〜実は大腸がんやっちゃってね、入院してたのよ」と言うと、「あー！　私もやった」と、奥さん。ちょっと驚きだった。彼女とは、ノラ猫を（避妊のため）とっ捕まえる算段をする時以外は、道で会うくらいなのだが、「へぇ〜いつの間に」だった。「S字」「私もS字！」「K病院？」「K病院」。なんのこっちゃな会話だが、これが当然だと思う。彼女は、あえて言うほどのもんでもなかったから、って感じなので、「がんだがんだ」と、触れ回っている私の方が、むしろ恥ずかしい。しかし、お客さんなどに、「実はがんでね」と言うと、出るわ出るわ！　「私も」と言う人が。編集者のおじさん方にも、けっこういる。こりゃ〜本当に、２人に１人だなという印象だ。「オレは胃だ」なんて人もいるが、圧倒的に大腸がんの人が多い。これはおそらく、切ってしまえば当面の心配ナシまで、持っていきやすいがんだからだろう。「私は21㎝」「私は24㎝」なんて、もはや酒飲みオヤジの、肝数値自慢レベルだ（γ－ＧＴＰは、私が２３００という〝最高不倒数値〟を記録したが）。

　がんは保険の勧誘を断る時、最も効力を発揮する。銀行系やかんぽの人が、いきなり玄関先に、保険の勧誘に来る場合がある（ご苦労さまだが）。勝手にグイグイしゃべってくるが、ひと通りフンフンと聞いた後、「でも私ダメなんです〜」「がんだから」と、ニッコリ微笑むと、「失礼しました〜」と、一発退散なので便利だ。これは世間の、がんに対する偏見を逆手に取って、悪用（?）している訳だ。がん＝近々死ぬ。なので、早々に多額の保険金を持ってかれる保険会社は、丸損だというお考えだ。失敬な話だ。そんなの万人に当てはまるのに。

　私は昔から、極端に〝支配された時間〟が苦手だった。面白くもない授業で座ってたりとか、時間通りに働かねばならない仕事はもちろん、よほど引き込まれる内容でもない限り、映画館で座っているのも苦痛になる。自分を磨くために英会話を習うとか、体にいいからピラティスをやるとかも、私の人生に、あって欲しくない。少なくとも、あえて飛び込むことはしない。どんなに楽しくても、人から提供された時間が苦手なのだ。じゃあ自分の時間は何なのかと言うと、そりゃあ自発的に仕事はする。本を読んでいても、TVを観ていても、いつの間にかボーッと考えている。空をただボーッと見る。猫と会話する。葉っぱの裏を見る。虫をつつく——つまりガキのやることだ。そこから成長していないのだ。しかし、人間のオトナとして生きていくのは、〝〜せねばならない〟に支配される時間が、ほとんどだ。私はあまりに苦手だったので、時間を刻んで考えることが、得意になった。例えば介護をしてた頃、父が起きて着替え、食卓に着くまでの10分間。そのすき間の10分間をかすめ取り、ボーッと無為の時間を生きる。2時間もあったら〝永遠〟に等しい。

　それとがんと、何の関係があるんだ？　と、思われるだろう。がんが恐れられる一因は、がんの程度と関係なく、否応なしに「あ、いけね！　人生って有限だったんだ」という事実を突きつけられるからだろう。そりゃ〜私だって、ＣＴや血液検査の結果を聞きに、診察を受ける時、「ここにカゲがありますね。詳しく検査しましょう」なんて言われたら、イヤだな〜面倒くさいな〜と思う。そしたら、年末は忙しいから、検査は年明けにしてもらおう。１月はけっこう予定入っちゃってるから、２月あたりで。そうすりゃ次の段階を考えるまでに、２ヶ月は猶予ができる。それまでは自由だ。自分が支配できる時間だ——と、考える。これはたぶん、（人には価値のない）無為の時間をかすめ取るように生きてきたり、空や宇宙の永遠を見たり、虫や猫の短い生涯を俯瞰したりする内に身についた、特異な時間感覚なのだろう。

友人と同じサークルの人が、がんで余命６ヶ月と宣告されたそうだ。その人は、「え〜っ！６ヶ月もあるの？」と、嬉々として生きてたら、５年たった今でも、ピンピンしてるそうだ。別に、そう考えたから長生きしてる訳ではないが、その人にとっては、６ヶ月も５年も関係ないのだ。病気や病院には支配されない。自分の時間は、自分で支配している人なのだろう。

末期がんの人の闘病記なんかを見ると、特別なことなんかやっていない。日常を生きている。台所に立ったり、子供の運動会を見たり、旅に出てまた家に帰り、娘にみそ汁の作り方を教えるお母さんもいた。あたり前の日常だが、皆濃厚で濃密な時間を生きている。誰よりも、幸せそうですらある。一瞬は永遠に引き延ばすことができるのだ。私だったら、「６ヶ月もあるじゃん！」と、喜びはしないまでも、「はぁ〜そっか」と、まぁ片付けるべきことは片付け、でも明日にしとこか。今日はとりあえずサボろうなんて、やっぱり空をながめ、週刊誌を読みつつボーッと考え、ウオノメを切って、ボーッと過ごすことだろう。ムダに生きてるって?

ムダなんだってば! 人間は瞬間の快・不快を生きているのだ。瞬間の幸せのために、頑張ったり、苦しんだり、治療したり、工夫したりする。瞬間を生きるしかない。生まれた瞬間から、余命宣告をされた時間を生きているんだから。

標準でいいじゃない

カツオは昨年（２０１９年）５月生まれの、大型長毛の雄猫だ。後ろの家で半ノラをやってる母猫が、屋根裏で産んだそうだ。４匹兄弟だったが、母猫と他の３匹の子猫は、猫保護団体にとっ捕まり、すばしこいカツオだけが、家々の間を逃げ回っていた。こちらもなんとか（穏便に）捕まえたいと、エサをやりつつ行動を観察していたら、８月頃から家の中に入って来て、くつろぐようになった。もうこれで、シメたものだ。

カツオはたいへんな食いしん坊で、家の誰よりも（大きさも重量も）巨大猫になった。そろそろ去勢適正期（７ヶ月位）なので、どうやって動物病院に連れて行こうかと、院長と算段していた。カツオは自ら家の中に入って来たとはいえ、バリバリのノラ上がりだ。しかも保護団体に、目の前で母親と兄弟をさらわれたのだ。人間に対して、根深いトラウマがある。ベタベタの甘えん坊のくせに、私以外の人間には（しょっちゅう出入りするガンちゃんにさえ）姿を見せない。異常に音や気配に敏感なので、手を焼きそうだな〜と、逡巡しているうちに、今に至った。

そんなある夜、カツオは右後脚が着けない状態で、廊下をカタンカタンと歩いて来た。どうしたんだ？　ついさっきまで、ソファーの下で寝てたのに。夜中なので、翌日まで様子を見ることにした。

翌日脚は良くなるどころか、腫れて熱もあるようだ。悠長なことなど言ってられない。有無を言わさず、洗濯ネットをかぶせてキャリーに詰め込み、病院に連れていくハメになった。レントゲンを撮ってみないことには、捻挫なのか骨折なのか、はたまた噛まれたのか、放っておいていいものか、1回の治療で済むのか、継続的に通うのか、手術しかないのか——人間だってもちろんだが、物言わぬ動物の場合は、特に判断がつかない。

正直骨折で手術なんてことになったら、経済的にイタイな〜と思った。今はシロミだけで、とてつもない医療費が、かかってるのだ。週3回の通院ごとに、身を切られ骨を削られ、鼻血が出る思いだ。動物には保険が無い。民間の保険は存在するが、あれはショーケースに並んだ高級チョコレートのごとき、由緒正しいワンちゃんニャンちゃんたちの為にある。うちのように、障害・病気・半グレで、家にやって来た猫たちとは縁がない。

莫大な金のかかるシロミだって、16歳になる。しかも障害持ちだし、難治性疾患も抱えている。（考えたくはないが）この生活も、そう長くは続くまい。いつだって、次の桜は見られるかな。一緒に夏の夕暮れのお墓散歩は、できるのかな。と、思いながら暮らしている。それにシロミは〝恩猫〟なのだ（詳しくは『それでも猫は出かけていく』に書いたが）。シロミに出会わなければ、私は物書きを続けてないし、もっとバカで粗暴で、介護中の両親の頭を金属バットでカチ割っていたかもしれない。私はすべてをシロミから教わったのだ。父・母の分も、恩返しをする責任がある。かかりつけの動物病院は、たぶんお高い方だと思う。しかし院長は、（私以外の人には）おまけをすることがある。お金が無いのに、次々と猫を抱え込んでしまう（らしき）男性などには、「もう20万貸してんだぞ〜」とかボヤきながらも、保護してきた子猫を診ている。近所の奥さんは、レントゲン代おまけしてもらったとか言ってるし、こっちの方が、よっぽどビンボーなんだってば！　まったく世間というものは、本さえ出してれば、お金持ちだとカン違いしている。黙ってても、印税が入ってくると思ってる。大いなる間違いである！——と、コーフンして話がそれた。院長は、こういう風にお金を回しているのだから、できる限りは、頑張るしかない。

最近ごく近所に、CTもMRIもある動物病院ができた。設備としては最高だろう。しかし、シロミにとっての最善は、このショボイ病院なのだ。院長はもう、シロミの尿道の角度も、う○こを掘る時の指の深さも、身体で覚えている。最高の医療は、その人（猫だけど）にとっての、最善とは限らないのだ。それは父の時に、思い知った。

父の糖尿病網膜症が、急速に悪化してきた時、N医大の眼科主治医は、定期検診の度に、

「よくこの眼で、あれだけの仕事をされてますなぁ」と、毎回繰り返すだけになった。つまり打つ手が無いということだ。そこに、当時最先端だった「硝子体手術」の名医がＪ医大にいると、紹介してくれた人がいた。なんでも目ん玉の中の水を抜き、裏側の網膜をジャバジャバ洗ってから、中に新しい水を入れるのだそうだ（それはちょっと気持ち良さそうだが）。この手術を受けて、20％程度（だったと記憶する）の人の、視力が改善したという。父はすぐに飛びついた。入院も手術も、大キライなくせに？　と驚いたが、少しでも可能性があるならと、Ｊ医大に連れて行った。父は手術を受けたが、まったくと言っていいほど、効果は無かった。

　２０００年代半ば頃だったと思う。今度はＯ阪大医学部で、網膜に電気刺激を与えることにより、視力を回復させるという技術が開発された——という論文を持ってきた人がいる。
「おい、大阪行くぞ！」と父。あのな〜行くぞって、車椅子で連れてくのは私だぞ！　第一飛び込みで行って、そんな試験段階の治療を「受けたいんですけどぉ〜」って、診てくれる訳ないだろ！　どんだけ世間知らずなんだ。とは思ったが、父は言い出したら聞かないし、「眼を取り戻したい」という、並々ならぬ情熱にほだされた。まずＮ医大の主治医に紹介状を書いてもらう。というところから始まって、とてつもない手間を要したが、当時Ｏ阪大学の総長だった鷲田清一氏の口利きで、なんとか開発チームの教授、Ｆ先生の診察までこぎつけた。

　実際の治療は、病院から続く、大学の研究棟で行われた。案内された区画は、おそらく関係者以外立入禁止区域なのだろう。外部の者は、靴を脱ぎスリッパで入る。味もそっけもない廊下に並ぶ、何の変哲もない教室か研究室の１室だった。私は１人ポツネンと、廊下の椅子で待たされた。時々白衣の学生が通るだけだ。横目で見てると、８ケタの暗証番号を押して、各部屋に入って行く。けっこうなセキュリティーだ。その直後京大で開発された、ｉＰＳ細胞なんかも、張り合って研究していたのかもしれない（想像だけど）。

　治療は１時間程だった。父にどんなもんだった？　と聞くと、目の回りにいっぱい電極みたいな物を付けて、痛くもカユくもないけれど、バチバチと目の中で、火花が散るような感じだったと言う。２回の治療を受けたが、結局改善は見られなかった。多くの友人知人や、先生方のお手を煩わせたのに、残念なことだ。しかし一番ガッカリしたのは、父だったろう。私は最初から薄々、試したってダメだろうとは、思っていた。

　Ｎ医大からのデータを見た時の、Ｆ教授の表情からも、それはうかがい知れた。父は歳をとりすぎている（しかも糖尿病だ）。しかし「ムダだからやめろ」とは言えなかった。やらないで後悔だけは、父に（私も）したくなかったのだ。

　最近Ｏ阪大学では、ｉＰＳ細胞で生成された、心筋細胞の移植や、ついに網膜細胞の移植も、臨床で使われるらしい。しかしせいぜい70代までだろう。たとえあの頃の父にｉＰＳ細胞の網膜シートを移植しても、定着はするまい。残酷だが、〝老い〟というのは、絶対無慈悲なのだ。

前後の診察も含め計5回、車椅子で父を連れ、大阪まで通った。家には自立できない母がいるので、すべて日帰りだ。今考えると、どうやってあんなアクロバット的なマネができたのか、信じられない。今の体力気力では、絶対にムリだ。私も若かった（？）んだなぁ……と思う。

さて——カツオの後脚だが、レントゲンを見ると、バッキリ折れていた。大腿骨のドまん中が斜めに折れ、完全に離れている。そのズレは1㎝程（私なんて2㎜位だったのに）。折れ口が鋭いので、よく開放創にならなかったものだ。何をやらかしたのか？　わずか10分程の間だし、外へ行ったとしても、決して車の通る場所には行かない。夜も遅いので、前の家のガレージの出入りもない。毛はまったくキレイだったので、事故やケンカではない。どこかから——たとえば、屋根の先端から楓《かえで》の木に移ろうとした時、脚を滑らせ庭石でゴキッとやったとか……。「バッカじゃないの？　どうやったら自力で、こんな風に折れるの？」と、あきれる私に、「デブだからだ！」と院長。

「手術だよね……」と、力なく言うと、「イヤ……オレはこれ以上金かけたくねぇ」「はぁ!?」。それ言う？　それは私のセリフだろ～!!　「シロミに金かかってるじゃん。もうシロミ以外に金かけたくないよ。吉本さんもそうでしょ？」。そりゃそうだが。「元の位置まで戻して、ワイヤーで固定すればいいんでしょ？」と聞くと、それには術後、ギプスをしなければならない。猫の後脚にギプスは、絶対ムリだそうだ。必ず抜けてしまう。そうなると、人工関節に入れ替えるしかないが、17〜18万円かかると言う。諸経費を入れたら、軽く20万円は超えるだろう。「イヤでしょ？　シロミですげ〜金かかってんだもん」と、やたら同意を求めてくる。さては院長、めんどくさいな？　かろうじて骨膜がつながってるから、放っておいても、その間に組織が形成されて、自然とくっついてくるそうだ（もちろん1㎝ズレたままだが）。「そうね……痛みさえ取れれば、動物は歩くもんね。ヒメ子も3本脚で歩いてたし」。ヒメ子は、前の家のガレージで事故にあい、前脚を複雑骨折した。ノラ専門と決めていた動物病院（正直ヤブだ）で手術を受けたが、ヒジの腱が萎縮し、生涯3本脚で歩いていた。院長によると、あれは必要のない手術だったそうだ。放っておけば、ヒメ子は脚を着くことだけは、できるようになったはずだと言う。カツオもまだ若いし、（多少曲がったって）脚は着けるようになるだろう。

カツオは何もせずに経過観察。不具合が起きたら、その都度対処しようということで、抗生物質の注射1本で帰された。今は家でおとなしくしている（ずっとおとなしくは、してないだろうが）。院長も私も、若い頃ならもっと果敢に、先端的な治療法に、チャレンジしたかもしれない。お互いトシをとったんだな〜と思う。めんどくさいしー金かかるしー、標準でいいんじゃない。

私も何かあったら言おう。「標準治療でけっこうです」

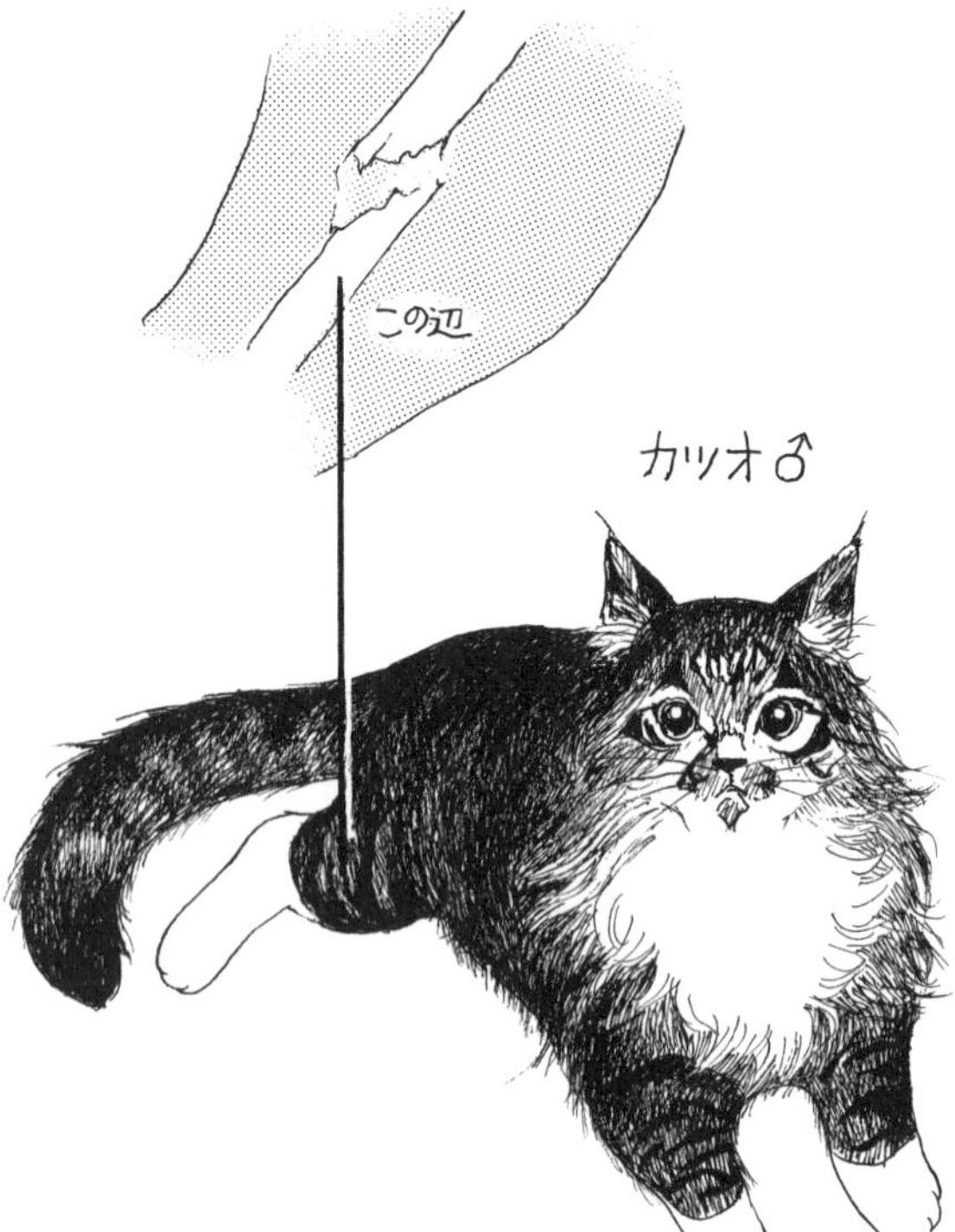
この辺
カツオ♂

足元の神

前回から1ヶ月、大腿骨を骨折したカツオは、ちょっと引きずってはいるものの、元気に走り回っている。痛みはすっかり取れたようだ。骨折をしたという自覚がない訳だから、人間のように、自分をいたわるなんてこともなく、思いっ切りドタドタと駆けては、時々（カクッと力が抜けるのか）ズベッとコケる。「あれ？　何でだろ」と、不思議そうな顔をするので、おかしい。人間だったら、こんなことして、骨がくっつかなかったら困る。また折れちゃったら、どうしようと慎重になり、自ら行動を制限してしまうことだろう。

動物は今がすべてだ。今できること、今やりたいことだけで生きている。先の心配なんてしない。まして自分の死なんてものは、頭にない――というか、そもそも生涯に組み込まれていない。

昨今の〝おじさん雑誌〟は、がんの名医がいる病院トップ50だの、突然死のリスクを下げるだの、薬と健康食品の危険な組み合わせ、食べてはイケナイ食品添加物一覧まで、どんだけ臆病なんだ！　とあきれ果てる。

さらに良い老人ホームの見分け方だの、死んだらすぐ必要な手続き、相続でもめないために、墓選び墓仕舞い、とうとう、この病気で死ぬのはこんなに苦しい（オイオイ！　誰か死んでみたのか?）、ついには死後の世界はあるのか、までいっちゃったよ！　いったい何雑誌を読んでたのか、思わず表紙を見返してしまった（「死ぬまでセックス」は、いずこに?）。

余談だが、〝おばさん雑誌〟の方は、いくつになっても美容と健康とファッション、そして老後を１人で生きる覚悟とか、年金だけでも豊かに暮らす――なんてことが主流だ。結婚しててもしなくても（死別か離婚か知らないけど）、最後は自分１人で生きる気満々だ。少なくともその想定でいるようだ。

確かに60代70代になると、〝死〟というものが、リアルな射程として見えてくる。私だって、人生あと20年ってとこかぁ～（ほーら、またがんを考慮に入れてない）。今から20年前ったら、父の眼と脚が急に悪くなってきて、京都での講演に車椅子で連れてった頃だな……20年なんて、あっという間じゃないか。なーんて考えることはある。おじさんたちの心細さは、分からないでもないが、それだったらなおさら、死亡リスクにクヨクヨしたり、終活だの死後の世界に、心を砕いている場合じゃないだろう。

うちの父は、「死は自分に属さない」と言っていた。養老孟司さんも、同じようなことを言っている。自分が死んだって、別に自分は困らない訳だ。困ったり悲しんだりするのは、せいぜい家族と親しい友人だけだ。私なんて底意地が悪いものだから、うっかり死んじゃったら「ざまーみろ」と思う（思う自分もいないんだし）。残された者が困らないようにと、終活にいそしむ人は、よほどいい人、りっぱな人に見られたいのだろう。イヤ、私などには理解が及ばぬ程、崇高な心をお持ちなのだろう……（たぶん）。私だって、死んだ後で見られたくない、あの恥ずかしい下絵（エロイやつね）だけは、始末しとかなきゃな。なんて思うが、きっと忘れて見られるのだ。でもそんなものも、死んでる自分は、恥ずかしいと感じない訳だし、それを描いたという事実は事実なんだし、すべてをひっくるめて、自分なんだから仕方ない（と開き直る）。文豪の方々の、金の無心の手紙とか、太宰治の〝芥川賞ください手紙〟なんて、恥ずかしいよな〜気の毒に——と、こっちの方が赤面するが、その私は彼等にとっては、決して会うことのない、未来の世代の、赤の他人でしかない。

　うちの父も母も〝死に逃げ〟だった。現在のおじさんたちが、終活や死後の心配をしている、60〜70代、父は最もバリバリと仕事をしていた。母などは、70歳から俳句を始めた（2冊の句集を残している）。

　父は死ぬ予定で緊急入院した訳ではなかった。肺炎なのだから（このトシでキビシイな〜とは思ったが）、治って帰る可能性だってあったのだ。まだ続きのある仕事も、かかえていた。最後となってしまったインタビュー本の『フランシス子へ』などは、超老齢期の思考という、新たな境地が見られるかも――という、可能性すら感じさせた。ライターと編集の女性たちとは「では、この続きは年明けに。よいお年を～」と、別れた。父は死ぬまで思索し、仕事を続けた途上の死だったのだ。父らしいとは思う。完結して終わる人じゃない。

　母はワガママな人だった。身内にキビシク、外面は良かった。どちらも紛れもなく本人だ。イヤなものはイヤで、ダメなものはダメ。家族は、あきらめたり逃走したり、鍛錬させられた。戦時中の修羅場と病を生き抜き、あのめんどくさい父の妻であることに伴う苦労はあっただろうが、それをさっ引いても、ワガママだと思う。しかし、父をも屈服させる鋭い勘と強権は、ある局面では（ほぼ対外的にだが）常識も諦念も打ち砕き、それによって救われた人だって、何人か知っている。

　父とはよく、「私が死ぬ時は、よけいなことしないでちょうだい。尊厳死協会に入る」「バカ言うな。死だけはな、自分の思い通りにならねえんだ」と、やり合っていたが、母は（結果的に）その望みを叶えた。

　朝（私と同じく昼だけど）、いつも通り母の部屋の雨戸を開けて起こし、私が朝昼兼の食事の用意をしている間の死だった。「ゆうべは、あまりよく眠れなかったのよ」「じゃあ、お昼食べたらまた寝れば」が、最後に交わした会話だった。階下のキッチンに行く私と入れ替わりに、ヘルパーさんが上がって行った。4枚切りのぶ厚いトーストに、マーマレードを塗ったのと、Eリキッドに紅茶を入れたのが定番だった。帰りぎわヘルパーさんが、「奥様今日はよくお休みですね。でも便はたくさん出してらっしゃいました」と言ったのが、ちょっと引っかかった。お昼のお盆を持って、母の部屋に行った。母はよく眠っていた。「さぁ、ひと口でいいから食べちゃお。また寝ればいいから」と、トーストを口元に持っていったが、反応がない。「オイオイ」と、ほほをペチペチしてみたが、反応がない。首筋の脈を探してみたが……ナイ？

　母にはよくダマされていたので、手鏡を口元に持っていく。1度部屋を出てまた覗く。ふと、ぬれタオルを顔にのせてみようか――と、頭をよぎったが、それをやってたら、確実に事件になっていただろう。「どうも死んでるみたいなんですけど」というマヌケな電話を（つい1ヶ月程前に契約したばかりの）訪問医にかけた。訪問医は「救急車を呼びますか？死亡確認に行きますか？」と尋ねてきた。そりゃあもう、これは全人類垂涎《すいぜん》の死に方だ。これを心臓マッサージなんかで起こしたら呪われる。「死亡確認でけっこうです」と、答えた。テーブルの向かいの椅子に腰をかけた。10月の穏やかに晴れた日だった。「今日は死ぬのにもってこいの日だ」という詩が、思い浮かんだ。少し開けた窓からは、心地よい風が入って来る。部屋にはトーストのにおいが、ただよっている。出すもん出して、ヘルパーさんに、お尻までキレイにしてもらって、何の心配もない。平和な顔して……ワガママ放題生きて、セルフ尊厳死とは、おみごと！　こりゃあ勝ち逃げだよ。母は自分の生き様を完遂したのだ。

　先日（再放送だと思うが）、とある山小屋のご主人のドキュメンタリー番組を観た。山を愛し、山のきびしさ美しさを知りつくし、レスキューにまで手を貸していた、山のエキスパートだ。私のような根性ナシは、寒がりだし人工股関節だし、息は上がるし、山には憧れるが、もう一生登ることはないだろう（誰かヘリで連れてってくれるならいいけど）。おそらくその方は、登山家にとってはレジェンドなのだろうが、私は何の予備知識もなく番組に没頭していたら、そのご主人は海でカヌーの練習中に、事故死してしまったという。えっ海……よりによって海？　病気とかでもなく海？――と、しばしボーゼンと、海で死んだ意味を考えてしまった。（失礼ながら）山で死んだらカッコよかったのにと、勝手なことを思った。きっと家族や親しい友人たちも、「何で？」と、意味を考えたことだろう。ずっと考え続けるのだろう。でも答えは出ない。近しい人は、それなりに答えを見出したのかもしれないが、それだって後づけだ。死に意味なんてない。その人なりの生き様を全うしたから、周囲は（勝手に）、死の意味づけを考えるだけだ。

　私なんて「がんだがんだ」と、ネタにしてるが、ある日家で椅子を踏みはずし、頭ぶつけて死んだりして（ホントにやりそうでコワイ）、周囲の人から、マヌケだねぇ。いつかやると思った。らしい最期だねぇ。とか言われそうだが、死んでるから知ったこっちゃない。勝手に意味づけしてくれ。

　犬も猫も野生動物も虫も、そして幼くして死んだ子供も、不純物はなくただ生きる・生命として地上にあること――を全うするのだから、皆尊い。それを失った者が、生まれて死んだ意味を見出そうと、一生懸命考える。短い生は、そこに立ち上がる。

あの相模原の、障害者施設殺傷事件の犯人などには、「キミは、生まれてただそこに存在することの気高さ、美しさを知らずに終わるんだね。哀れなヤツだね〜」と、言ってやりたいところだが、意外に今の世の中、そういうヤツが大多数——とまでは言わないまでも、けっこうな割合を占めていることに気付いて、ゲンナリする。

まぁ、そういうヤツの死は、それなりの意味しか持たないんだから、けっこうですけどさ。

なーんてことを足元で、ジャマくさく腹を出して寝ているカツオを見ながら、思うのである。

あとがき

イヤ〜……　〝トンデモ本〟ですね〜絶対に、お医者さんには、見せられませんよね（まずお下劣すぎるし）。しかし、お医者さんにこそ、読んでもらいたい気もする。

さんざんクソミソに書いてきたが、私は実に、医者に恵まれてきたと思う。しかしこれは、単なる〝運〟だけではない。信頼——はしていても、部分的にスルーしたり、都合よく使い分けたり、時にはうまくフェイドアウトしたりと、自分で医療を選び取ってきた結果だと思っている（悪い患者だろ〜？）。

現在の人間の医療は、マニュアルとコンプライアンスに縛られていて、医者と患者の関係は硬直している。医者は患者が瀕死でも、（意識がある限り）ＣＴや手術の同意書のサインをもらわねばならなかったり、「もうこの辺で治療やめちゃって、モルヒネ１発キメといた方が、よっぽど楽しく長生きできんだけどなぁ」な〜んてことも、口が裂けても言えない。患者とその家族の方は、１分１秒でも長く生きる可能性があるならばと、過剰な医療を求めてくる（やらなきゃ訴えられる）。

動物の医療は、いわばホリスティックだ。治療食がキライなら、ムリに食べさせなくてもいいし、多少身体に悪い物でも、それで元気が出るなら、与えてもかまわない。病院に連れて行く身体的、精神的なストレスの方が、治療効果を上回ると思われるなら、飼い主が最低限の薬だけをもらってきたり、最初から治療しない、という選択もできる。しかしそれも、結局飼い主の考え方（趣味趣向）に左右される。いっぺん考えてみてくれ。（人間も含め）死なない動物なんて、いると思ってるのか？　より自分らしい〝死〞を選び取っていく過程こそが、医療じゃないのか？　猫・両親・自分と、様々な医者と医療、生と死に付き合ってきた中で、ずっと考えてきたことだ。

　もうちょっと医療は柔軟に、患者は寛容に（そして情報ではなく知識をもって）、共に〝中道〞を歩いて行けたら――と、そう願っている。

　そしてお医者さんたち、油断してはならない。患者の中には、フッーのおばさんの顔をしながら、鬼のような観察者であり、かつ天使のように医者の立場を尊重する、敵でありながらも悪魔のような理解者が、紛れているかもしれないのだ（ネタにされちゃうからね～）。

　この本の出版にあたり、連載という絶好の機会を与えてくれた石原正康氏。編集担当の菊地朱雅子さん、前担当の大野里枝子さん。そしていつも私の〝トンデモ学説〟に頭を痛めてきたであろう校閲の方々に、心より感謝申し上げたい。

本書をこれまでに係わっていただいた（動物も含め）、すべての医療従事者、介護従事者に、感謝とＬＯＶＥを込めて捧げる。

２０２０年９月　ハルノ宵子

本書は「小説幻冬」(2017年7月号～2020年4月号)
に連載したものです。

〈著者紹介〉

ハルノ宵子

1957年東京都生まれ。
漫画家・エッセイスト。父は思想家・詩人の吉本隆明。
著書に『開店休業』(吉本隆明との共著)、
『それでも猫は出かけていく』など。

猫だましい

2020年10月30日　第1刷発行

著　者　ハルノ宵子
発行人　見城 徹
編集人　菊地朱雅子

発行所　株式会社 幻冬舎
〒151-0051　東京都渋谷区千駄ヶ谷4-9-7
電話　03(5411)6211(編集)　03(5411)6222(営業)
振替 00120-8-767643

印刷・製本所　中央精版印刷株式会社

ISBN978-4-344-03687-1　C0095
幻冬舎ホームページアドレス　https://www.gentosha.co.jp/
この本に関するご意見・ご感想をメールでお寄せいただく場合は、comment@gentosha.co.jpまで。